【新版】日本の民話 別巻2

みちのくの長者たち

及川儀右衛門 編

未來社

はしがき

　みちのくは、わが日本で、はじめて黄金をほり出したところである。それが奈良の都にみつがれて、東大寺の大仏さまをかざるしろに供せられた。地元では、後に平泉に善美をつくした中尊寺等がいとなまれ、小京都といわれるまでに黄金の花がさいた。それこそ現実最大の長者であった藤原氏四代の栄華の跡をとどめる基となった。みちのくに、黄金にゆかりある長者物語が少くないのは、あるいはそういう歴史の背景があったからかも知れない。しかしまたみちのくは、土地が荒れて気候がさむく、文化もおくれている。風雨が順を失いやすくて、少し調子がかわっても、たちまち不作、不漁におそわれる。それでなくても民のカマドは貧しい。不作ともなれば、その日のカテにさえ困るのである。従って昔から長者にあこがれ、長者のゆたかな生活を夢み、まぼろしの如きその影を追うて、実は「長者になりたい」という望みの限りを、話し合った名残かも知れない。

　思えば広島で原爆のわざわいにかかり、遠く祖先のねむるみちのくに移ってから、十三年目に足をかけようとしている。実は幼少の日、父から数々の昔物語をきいた私の故里である。父はふしぎに多くの昔物語を知っていた。本書に収めた「嘉門長者」の話などは、最も得意なもののの一つであった。「山おり長者」や「金蔵長者」の話も、幾度かねだって聞いたものであるが、しかしその父にも早くなくなられた。

多くの家を焼き多くの人を殺した原爆は、たった一人の男の子を、私からも奪い去った。十三歳であった。故里にうつってからのあけくれ、亡くなったこの子の思い出は、私にいろいろな反省をさせた。日ごろの忙しさにかまけて、私が父からしてもらったように、この子に対しては、何もしてやっていなかったことを思うと、悔いにも似た悲しみが、私の心をゆすぶった。日本山住みのつれづれのあまり、私は使い古しのノートに、幾つかの古い物語をかきつけた。日本の神話、ギリシャのもの、イソップのもの、それに父からきいた故里のものもあった。戦いがやんだばかりで、まだろくに紙も手に入らない頃であった。一家のまどいもむずかしくなって、亡児の姉妹には、読ませて自らうけとらせるより外なき生活でもあり、スミを塗った教科書の外には、読みものらしいものを与えることができない環境でもあった。真冬にも単衣の重ね着などをさせるより、どうしようもなかった親が、せめて子供たちの心にうるおいをもたらす一しずくの露にでもなれかしと願う心からで、亡くなった子に対してはザンゲの一はしでもあった。この書の幾話かは、実にその反古ノートに書きとめたものである。たずねればなお幾つかの長者話が、黄金の如くに埋もれていようが、それを紹介することは、またいつの日かに譲ろう。

私は筑後での聞き書きを『筑紫野民譚集』（郷土研究社）に、広島での採集を『芸備今昔話』

（一誠社）に収めて世に送った。私にとってはその地、その人と生活を共にして来た一つ一つの足跡を書きのこしたもので、余技ともいうべきこんな仕事に、父の影響をうけていないとは言い難い。何も与えなかったわが子にさき立たれて丁度十三年、この書を世に送るのは、まことに一つの偶然であろう。しかしおろかな親の罪ほろぼしのため、わが子にかえて多くの世の子どもたちに書き送りたいと思う心に、いつわりはない。

昭和三十二年八月六日

大渓　及川儀右衛門

みちのくの長者たち　目次

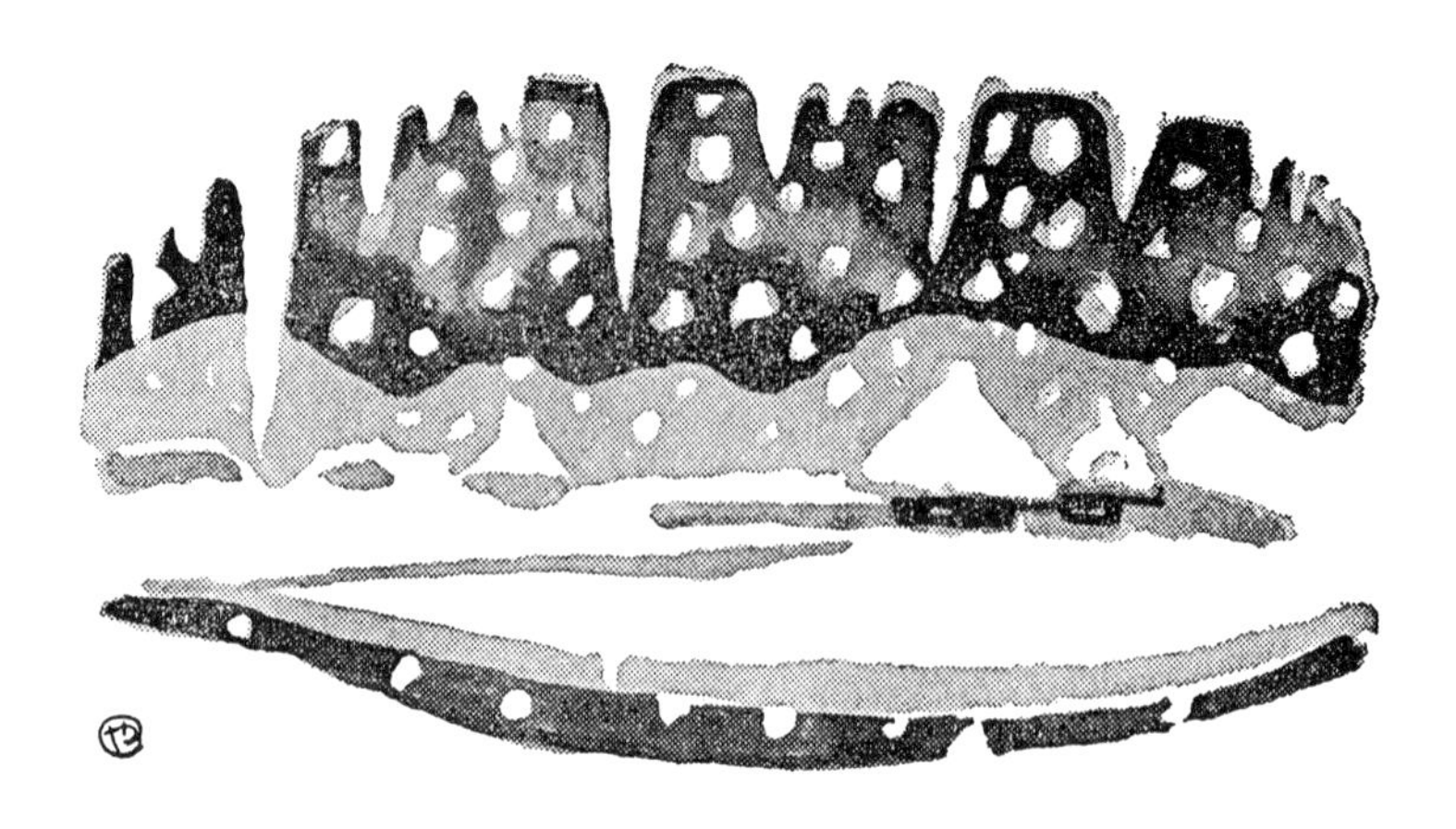

はしがき 1

第一部

福島県

万壽（安壽）姫と長者 13

小野猿丸 16

虎丸長者 20

鶴塚長者 22

宮城県

名取長者 23

手倉田長者 27

亀井長者 29

赤坂長者 31

阿久玉姫と長者たち 33

蜂屋長者 36

八木長者 38

姉取沼の長者 40

旭長者 43

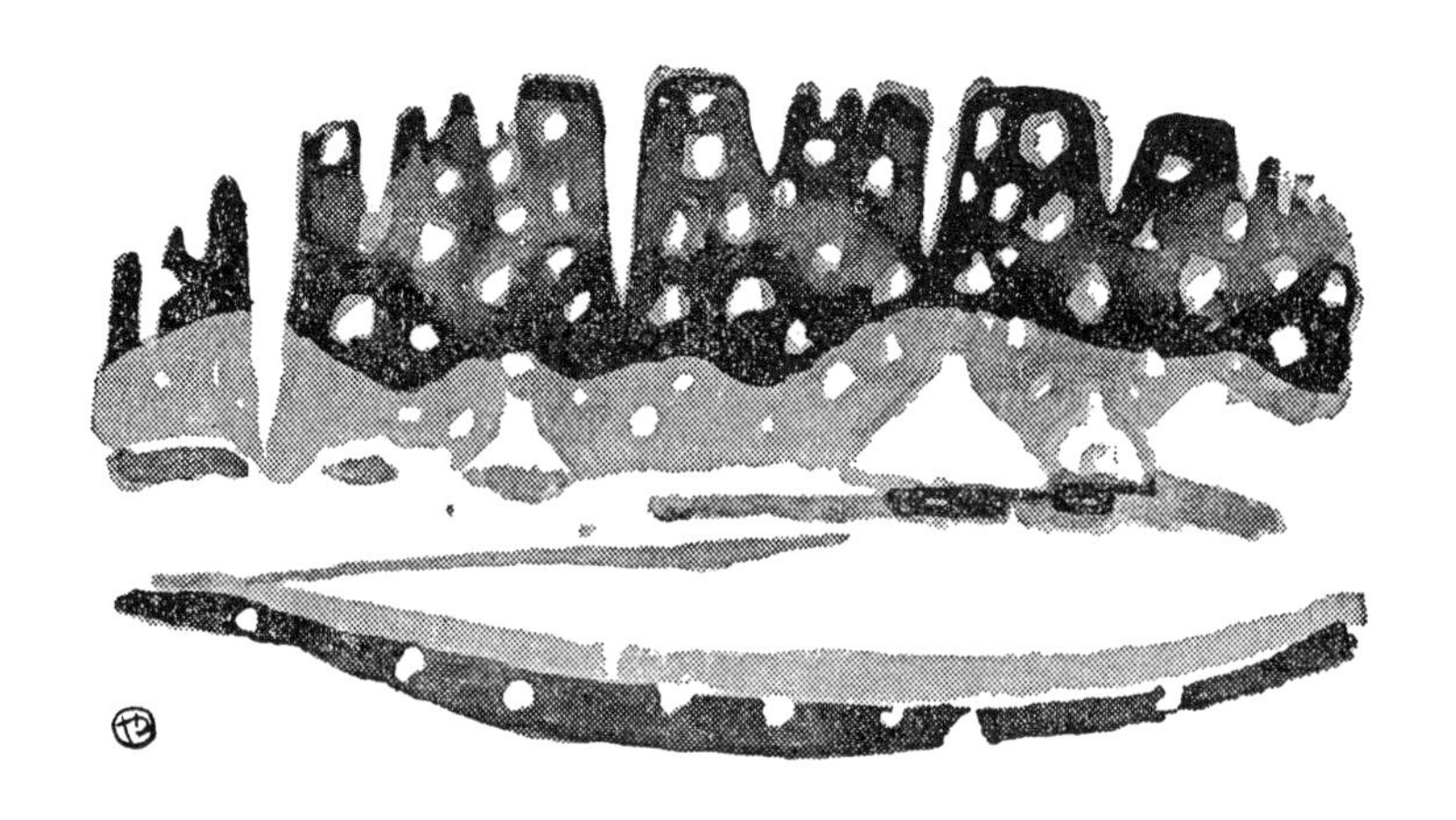

朝日長者　45
炭焼長者　47
彦総長者　55
照井長者　57
糠塚長者　59
勘新太長者　61

岩手県

金売吉次　64
大隅長者（鈴掛観音堂）　68
陸奥長者　71
嘉門長者　73
道徳長者　80
山おり長者　82
新山長者　85
百足塚長者　92
くずれの長者　94
武日長者　96
稲子沢の長者　100

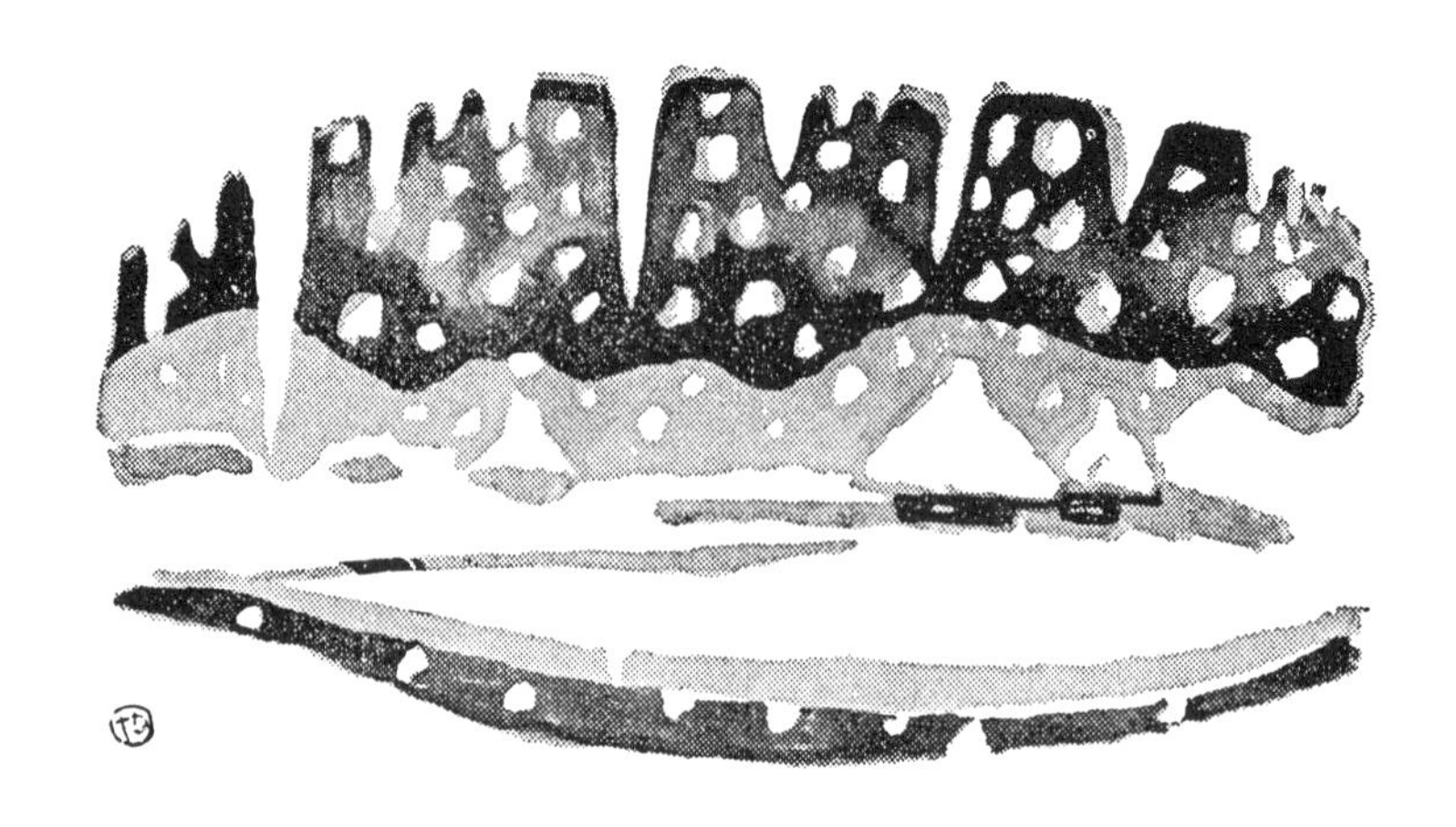

坪石長者 107
沼宮内の長者 109
山田の長者 113
吉里吉里の善兵衛 116
紫波の長者 121
梅木長者 123
未来押しの長者 125
金山沢の長者 127

山形県

阿古耶姫と松の精 128
金蔵長者 131
本間長者 135

秋田県

だんびる長者 137

青森県

田子三平 141
炭焼長者 145
椿山長者 148

第二部

ツブ（田にし）の長者　153
上の長者　下の長者　158
木仏長者　161
鶏長者　164
金太郎長者　166
笠売り長者　168
メドツ（河童）長者　170
サレコウベと長者　173
団子長者　177
長者とホトトギス　181
ひょうたん長者　183
長者になりそこねた話　188

カバー・さし絵　松川八洲雄

第一部

万壽（安壽）姫と長者〔福島県〕

福島県石城（いわき）郡玉川村に住吉館（すみよしたて）という古い城跡がある。そしてこういう村々の城に、あちこち武士がたてこもっていたころのこと、ここ住吉館には、岩城常道という武士が居をかまえていたが、常道が病気で死んだ後は、その子正道が家をつぐことになったけれど、病弱だったので、姉むこ村岡重頼にたのんで、家のこと一切を世話してもらうことにした。

ところがこの重頼は、腹黒い人で、岩城の家を横どりしようとしてさまざまに謀をめぐらし、ついに正道を殺してしまった。そこで正道の家臣であった大村次郎というものが、正道の子医王丸をたすけてこっそり城をぬけ出で、折を見て重頼を追いはらい、岩城の家を再興しようとしたけれど、次郎もまた重頼の追手のために殺されてしまった。ただ医王丸は姉の万寿姫と一しょに、賊の目をのがれて、山道をたどり、岩かげにかくれ、野原をさまよい川を渡って、幾日か難儀な旅をつづけ、越後の寺泊という港までたどりついた。

しかし寺泊にも、幸福が待っていないで、あべこべに万寿姫、医王丸姉弟が、ひどい目に逢うことになった。それは海賊の親玉として、日本海を横行していた山住鬼夜叉(やまずみおにやしゃ)というものの手に捕えられ、遠く由良(ゆら)の港の三荘大夫(さんしょうたいう)という長者の家に、召使として売られて行くことになったからである。三荘大夫も、もとはやはり海賊であったが、今はたいした財を積んで由良にかくれ、天の橋立あたりに広い領地を手に入れて、何一つ不足がなくくらしていた。

その頃都に閑院左大臣為房という方があった。ある夜のこと、奥州の岩城正道の娘、万寿姫というものがあらわれ、「わたくしは由良の港に誘い出され、わる者の手にかかって殺されたけれど、弟の医王丸が、橋立の延命(えんみょう)寺の和尚さまに助けられ、今は都をさまようているから、どうにもしてすくい出していただきたい」と、ひざまずき心をこめて哀願されると夢みて、ハッと目がさめた。為房は人をやってあちこち探させたが、使いのものは、東山のあるお寺で、医王丸を見出してつれて来た。為房は喜んで自分の家にひきとり、名を道隆と改めさせ、たくさんの家来をつけて奥州に下し、重頼を亡ぼして岩城の家を再興させた。

この話は、青森県中津軽郡岩木山の麓、百沢の里にあったことゝも伝えられる。岩木山がアソベノ森とよばれた昔、それはおそろしい鬼のすみかであった。そしてあちこちと出没しては、悪業をかさねたので、篠原の国司花の長者の惣領息子である花若というものが、この森にやって来て鬼のやからを退治した。ただ鬼の娘がしきりに助命を願ったので、これだけを許してやった。この娘の子孫に生れたのが岩木判官正氏で、正氏の子が安寿（万寿）姫、津子王丸の姉弟である。岩木家もやはりわるい臣下のために亡ぼされ、姉と弟とが母をともない流浪の旅に出で、越後の寺泊で海賊のためにあざむかれ、姉と母とが佐渡、弟が由良の港の山椒大夫の家に、ちりぢりになってしまった。あるいはわるものにザンゲンされて、筑紫に流された父正氏をしたい、母子が旅に出て、このわざわいにかかったのだともいう。津子王丸がすくい出されるまでの運命は、医王丸の物語と大同小異である。そして津子王丸が帰国して、わるものどもを追いはらい、岩木氏を再興してまた栄えた。アソベノ森も岩木山と改められ、その麓百沢には、安寿姫をまつって、岩木山神社がいとなまれた。

註　森鷗外の名作『山椒大夫』は、主として津軽岩木の説話にもとづいて書かれている。
　奥州では中世の城をタテといい、館とも楯ともかく。源義経の最後のよりどころとせられる平泉の高館だけはタカダチ、判官館の別名でいうときは、やはりハンガン（ホウガン）ダテとよばれる。

小野猿丸〔福島県〕

福島県田村郡小野新町に、昔、朝日長者というものがあった。いつ頃のことか、都から馬頭中納言という尊い方が下って来て、長者の娘朝日姫を妻とし、一子をもうけて小野猿丸と名づけた。猿丸はみにくい小男だったけれど、弓矢とっては誰一人ならぶものなき名手で、毎日野山の狩くらをしては、月日のたつのも忘れていた。

話かわって下野の国（栃木県）の二荒権現は、上野の国（群馬県）の赤城明神と、長い間、神さま同士の戦いをして次第に打負け、そのすまいである中禅寺湖までも攻めとられそうになった。それでどうかして赤城明神を追いはらい、失地をとり返そうとしても、なかなか思うように行かなかったので、わざわざ常陸の国（茨城県）まで出かけ、かねてなかよしの鹿島明神をたずね、何かよい知恵がないものかと、いろいろ相談をもちかけた。すると鹿島の神さまはハタと膝をうって、よい考えがあるからと、あたりを見まわしながら、耳に口あててひそひそと何か話し合った。

ある日のこと、猿丸は弓矢をもって、山深く入りこんだ。朝から彼方、此方とかけめぐったが、ふしぎに鳥も獣も一つも見当らなかった。だんだん奥山にさしかかる頃、中空にかがやいている太陽も、次第に西の方に傾いて行く。そこへひょっこり、猿丸の目の前に、一頭の大鹿があらわれた。猿丸はすぐ矢をつがえ、大鹿目ざして得意の一矢、いつもならただ一本の矢でしとめるのに、今日はまたどうしたというのだろう、見事はずれた。猿丸は少しあせり気味で、二本目の矢を射たけれど、これもあたらなかった。鹿は更に奥山へと逃げて行く。「おのれ逃がすものか」と、猿丸は狂気のように追いかける。鹿は岩角（いわかど）をまわった。猿丸もすぐ岩のかげに追いつめた。しかし不思議、大鹿の姿は消えて見えなかった。猿丸の張りつめた心が急にゆるんで、がっかりして岩の上に腰をおろした。ひたいからは玉のような汗がこぼれおち、くるしい呼吸（いき）が腹の底までゆすぶるばかりであつた。

するとまた不思議、こうした山奥で、むこうの方から熊笹（くまざさ）をがさがさとふみ分けながら、白髪（しらが）の爺さんがにこにこ顔で、猿丸に近づいて来るではないか。いくら弓矢上手の猿丸でも、うす気味がわるい。しかしこれを射るわけにもいかない。じっと近づいて来る老翁を見つめていた。

「猿丸というのはお前さんか。」

「ハイ、そうです。」

「お前さん弓が上手だってね。」

「ハア、しかし今日はうまくいきません。」

「それはそうだよ。あれは鹿ではなくて、実は鹿島の神さまだからな。」

「ヘエ、鹿島の神さまがどうしてこんなところへ。」

「お前さんにたってのたのみがあるのだよ。」

「それはまたどんなことですか。」

「猿丸、お前さんの祖先を御存じかい。」

「在宇（ざいう）中将、二荒権現さま。」

「わたしはその二荒権現だ。」

「ヘエー。」

「その二荒権現を助けるために、鹿島の神が大鹿に姿をかえてあらわれたのだ。」

「すると権現さまに何か困ることがあるのでございますか。」

「お前さんにわかるはずもない。わたしは隣の国の赤城明神と、はてしない神戦（かみいくさ）をつづけている。そして不覚にも黒星つづきで、中禅寺の湖（うみ）までとられかけている。たのみというのは外ではない。恐ろしい大百足（むかで）にばけて攻めてくる赤城明神を、お前さんの弓矢の力で、何とか退治してはくれまいか。今日から七日目、場所は中禅寺湖、目ざすは大百足だからね。頼むよ。念のため矢の根にはツバをつけることを忘れるなよ。」

こう言って老翁は姿を消してしまった。猿丸には、初めて鳥も獣もとれない狩くらであったが、しかし心は軽かった。そしてあくる日から旅じたくをととのえ、二荒山の奥、中禅寺湖目ざして、ひとりつれもなく出かけた。約束の七日目、猿丸は湖のほとりにかくれていた。空がからりと晴れて、鏡のようにすんだ水面を、いつしか一陣の風がさっと過ぎて、雲が立ち、雨も降り、遠雷の音も聞えて来た。サラサラと湖岸の草木を分けて、大百足が姿をあらわすと、湖面にゆらゆらと大波、小波が立って、大蛇が浮かび出で、ここに火を吐く神戦の幕が切っておろされた。猿丸は得意の弓矢をとり、第一矢を放つとねらいあやまたず大百虫に命中したけれど、はね返されて何のききめもない。そこで神の教えを思出し、第二矢の矢じりにはツバキをつけてひょうと放つと、今度は大百足の胸のあたりを見事につらぬいた。大百足は苦しいうめき声を発しながら、雲を霞と逃げさった。そしてもう二度と攻めては来なかった。

今の日光の男体権現は在宇中将、女体権現は朝日姫、太郎明神は馬頭中納言を祭るという。また山形県西村山郡寒河江(さがえ)町に近い柴橋というところの金屋原(かねやぼら)にも長者屋敷の跡があって、これは出羽郡司、小野義実のいた所と言われるから、これも小野長者と称してよいわけであるが、猿丸とは別にゆかりがない。

註　朝日長者は、一に福島県石河郡朝日郷のもので、妻を陸前宮城郡九門長者から迎え、その間に生まれた寒月姫と、勅勘をうけて奈良の都から下向した有宇中将との間に、猿若丸（猿丸太夫）が生まれた。そして中禅寺湖で百足を退治して、父と共に召されて都に上ったのが平城天皇の御代であると伝える（磐城古代記補遺）。

虎丸長者〔福島県〕

福島県安達（あだち）郡二本松の北の杉田に、虎丸長者の屋敷跡というものがある。長者はもと郡山（こおりやま）にいたのを、ここにうつって来て、長者宮に屋敷をかまえたと伝えられるが、この長者宮を、一に郡山台とも言ったからであろう。礎石がそこここにちらばっていて、畑をほると焼けた米が出てきたものだから、康平の昔、朝日長者のかまえた屋敷の跡であろうと語り伝える。八幡太郎義家が、陸奥守である父頼義について、奥州の賊軍を討つために下向した折、四近の豪族は風になびく草木のように、頼家、義家父子の堂々の威風をおそれて、その幕下にしたがい家（け）来（らい）となった。しかし朝日長者だけがひとり来りしたがわなかったため、義家のために焼討せられて、亡びてしまったからである。

あるいは虎丸長者の召使う下女が、クニという三国一のみにくい女であったから、人々はこれを悪玉（あくたま）といやしめた。ところが東夷大武丸を征伐するために、東下して来た征夷将軍坂上苅田麻呂の白河郡小野郷矢田川村院旨峰の陣屋に召され、悪玉の腹に生まれたのが、名高い田村麻呂であるとも伝えられる。

註　大鐘義鳴の相生集には、この長者が誰で、いつごろここに住んでいたのか詳かでなく、諸説まちまちで信じ難いことを記している。思うに、その一説としてかかげている、安積郡司某が、郡山の虎丸に館をつくって住んでいたのを、館の焼失の後は杉田に移り、数年の後これも焼け失せて、郡山に移ったというのが、この虎丸長者をさすものであろう。

鶴塚長者〔福島県〕

昔、今の福島県の会津に常安という長者があった。何百ともかぞえきれない倉の中には、米や豆、銭金（ぜにかね）がほかの宝物と一しょに、ぎっしりたくわえられていたけれど、子どもというものが一人もなかった。あまりさびしくて仕方がなかったから、鶴を飼ってかわいがっていた。昔から鶴は千年、亀は万年と称し、長生きをするめでたいものの代表とせられているので、長く長者の跡が残るだろうと思ったからである。しかしよくよく子どもには恵まれなかったと見えて、その子がわりに育てていた鶴も、どういうわけか、かりそめの病で死んでしまった。長者夫婦は悲しみのあまり、鶴を埋めて大きな塚をつくった。今に残る鶴塚というのがこれである。

明治戊辰の役の戦跡、会津の城は一に鶴ガ城と称する。名高い白虎隊の勇士が、この城にあがる戦火を望見して、いさぎよく最期をとげた飯盛山（いいもり）は、昔、天からたき立ての御飯が降ったという伝えのある所、いかにも長者が住みそうな土地である。

名取長者〔宮城県〕

今は昔、宮城県名取（なとり）郡川上村に桑島安世（やすよ）という人があった。生まれつきなさけ深くて村の人々を恵み、また神仏に対する信心もあつく、誰からでもあがめられ親しまれた。そしてその家がだんだん栄えて、近郷に並ぶものなき分限者（ぶげんしゃ）となり、名取長者とか川上長者とか呼ばれるようになった。然るにこうして何一つ不足がない安世に、跡をつぐ子供がないことが、ただ一つとてもさびしいことであった。それで安世は意を決して、日頃信心する那智権現の宮におこもりして

「どうぞ子供を一人お授け下さい」

とお願いした。一七日続けたが、何のしるしもない。かさねて二七日、その満願の日、疲れ果ててうとうと

まどろむと、やがて権現があらわれて

「願い通りに、三年のうちに、きっと一子を授ける」とお告げをうけたと夢みて、ハッと目がさめた。そして安世が四十八の年、花のような女の子が生まれたので、夫妻は大いによろこび、幾世(きせ)と名づけて、それこそ目に入れてもいたくない程可愛がった。幾世は成長するにつれ美しくなって、心ばえがやさしく賢く、琴も上手、歌をよむことも巧みで、村の評判娘に育て上げられた。

ある年のこと、武者修行の若侍(わかざむらい)がこの村にまわって来た。もとより百姓ばかりのこの村、相手になるものもないままに、若侍は暫く名取長者の家にとどまって、旅の疲れを休めた。色は白いが、見るからに強くたくましく、頼もしげな若者で、山上雄幸丸(やまのうえおさちまる)と名のるけれど、生国も言わず、誰の子ともあかさなかったが、実は父が北畠中納言顕家卿であったのである。顕家卿が足利高(尊)氏の軍勢と戦って討死したのは、丁度雄幸丸が七つの時で、それから筑紫の将軍宮の手もとにひきとられ、宮に仕えて次第に成長した。そして笛の名手として知られた宮様から、つれづれの折に名曲秘伝を授けられ、いつしか宮にも負けない程の腕まえになった。所が足利高(尊)氏の軍勢は、この宮様の御殿にも押寄せて、はげしく攻め立て、宮は力の限りこれを防いだけれど、支えることができないで、こっそり御殿を忍び出でて、深山にひそむこととなり、大切な笛は雄幸丸に与え、別れ別れになってしまった。そして雄幸丸は、父がさきに奥州にあったことを思い、その跡をたずねようと決心し、諸国武者修行というふれこみで、はるばる奥の細道をたどり、名取長者に身を寄せたのであった。

ある月のあかるい晩である。長者の屋敷から、誰でもうっとりさせずには置かないような、笛のしらべが流れて来た。それに合わせて鳥や獣も耳をすましそうな琴の音も、もれて来た。それは雄幸丸と幾世とが、月にうかれて思わずも腕をかぎりに、その妙技を尽くしての合奏であった。村の人々は、誰でもこれにひきつけられて、長者の家に集まって来たが、それにまぎれてこっそり忍び寄ったのは、大内蔵(おおくら)武秀という盗賊であった。武秀は力が強いのを悪用して、いつも人をいじめたり、よその財物をかすめたりする悪者であったが、かねて名取長者の屋敷にしのび入り、財宝をぬすみとりたいと望んでいたから、これを機として日ごろの野望をとげ、あわよくば幾世をも奪い出そうとたくらんだ。何しろ剛力、悪質のものであるから、誰とて手出しするものもなかったが、この時雄幸丸がひとり、刀を抜いて武秀と渡り合い、またたくうちにこれをきり殺してしまった。助かった長者は斜めならず喜び、雄幸丸を幾世の婿にむかえ、屋敷も宝もこの若侍に譲ろうとした。けれども雄幸丸は、もっと国々をめぐり、修行をかさねたいからとことわって、帰り途にはきっと長者の家に立寄ることを約束し、笛を預けて再び旅に出かけた。

春去り秋来り、幾日月、幾世は雄幸丸の帰って来るのを待った。時折琴をしらべては、さびしい心をなぐさめようとした。吹く風にも、流れる水にも、幾度か笛の主の足音かとあざむかれた。そうして日を過ごすうちに、ある時村にやって来たのは、思いもよらぬ都の足利氏の使者であった。外ならぬ娘幾世を都に上せよとの厳命であった。長者も幾世も困ってしまった。その命にそむいた結果がどうなるか、それはあまりにも明らかなことで、やがて第二の使者がかさねて下向、矢の催促である。幾世はとうとう意を決し、川上川に身を投げて、清らかにも美しく最期をとげた。

うたかたのあわれに消ゆる三つせ川　沈むもうれし末の逢う瀬を

という一首の歌が、あとに残されていた。

雄幸丸が再び村に帰って来た時、こうして幾世はこの世の人ではなかった。父の安世長者が、老の眼に涙をたたえながら話してくれる物語の始終を、じっと聞入る雄幸丸の胸も、悲しさで一ぱいだった。そしてこっそり屋敷をぬけ出して

限りあるこの世の契り何かせん　同じ蓮(はちす)の上に行かばや

という辞世の歌を残して、やはり同じ川上川の淵に沈んで、幾世の跡を追うた。村の人々は川ばたにある幾世の墓と向い合わせに、流れをへだてて雄幸丸の墓をつくった。そしてその間には橋をかけ渡した。幾世塚、雄幸塚、雄幸の橋などと名づけて、今でも村人の語り草になっている。

手倉田長者〔宮城県〕

宮城県名取郡手倉田（てくらだ）（増田町）に弾三郎というゆうふくな百姓があって、手倉田長者といわれた。弾三郎はこれという不足がないのに、人一倍しみったれで慾がふかく、非道な行いが多かった。それで貧しい人の困っているのにつけこんで、金を貸したり米を貸したりしては高い利子をむさぼり、田畑や牛馬など、かり手の大切にしているものを、無理にも質にとって、これをわがものにせんとたくらんだ。神仏は悪しざまに言うて敬わず、祖先を祭るではなし、たまればたまる程、いよいよきたなくなると、村の人々からもつまはじきされ通しだった。

ある時、村の貧しい娘が、くらしに困ってのあまり、母がなくなる時に、形見（かたみ）にもらったモンツキの着物をもって、金を借りに来た。娘にとっては、嫁になる時に着るようにと、母からなんべんも言いきかされた着物だったので、一生けんめい日手間（ひでま）とりをして、やっと元利とも耳をそろえて返金し、質入れした着物をうけもどそうとしたが、弾三郎はその着物の高価なのに目がくらみ、娘からどんなに願っても、約束の期日が過ぎてしまったからとて、とうとうこれを返さなかった。

母にすまない心、嫁入り着を失ったかなしさ、それにつけても長者の無情に対するうらみ、娘はついに悶死してしまった。その夏、弾三郎が虫ぼしのため、思いがこもるいわくづきの着物を、長持からとり出した。たちまちその着物から、貧しい娘の亡霊がゆらゆらとあらわれて、弾三郎の頭や顔をなでまわした。弾三郎はびっくりして、正気を失い倒れてしまった。いろいろに手をつくしたけれど、とうとう狂い死んでしまった。そして家も次第におとろえ、その子も若死(わかじに)して、後をつぐものもなかったと語り伝えられる。

亀井長者〔宮城県〕

阿武隈川が悠々と流れて宮城県名取郡にはいると、亀井ガ淵というよどんだ静かな深みをつくっている。いつの頃のことか、その淵から夜な夜なあやしい金色の光を放つものがあって、近所近隣の人々、安い心もなかった。そこで淵近くに住む豪族の亀井長者から官に願って、その底をさがして見ることになった。昔からこういう淵や沼には、えたいのわからぬヌシが住んでいると伝えて、それでなくても恐ろしいものとせられるのに、その底にもぐって光りものの正体を見きわめようというのであるから、若い衆のはやり勇むのを制して、年よりたちは用心ぶかくかまえてかかった。

淵のほとりには、小屋をつくって火をたいた。村の人々は当番をきめて、かわるがわる水の中にもぐった。こうして幾日、雨が降ってくると、ヌシのたたりではないかと思ったりした。くまなく淵の底をさがして、ついに見つけたのは、一寸ばかりの阿弥陀如来像であった。たき出し、夕方にはお酒と、人夫たちをねぎらって、毎日仕事を見まわっていた亀井長者は、とてもよろこんだ。流れをせきとめて、水をからすこともできない深い淵で、どうしてその正体をつきとめようかと、人知れず心をなやましていたからである。それに加えて、ふだんから信心している阿弥陀如来の像が見つかったというので、人夫に出てさがしてくれた村の人々を招いて、あつくこれをもてなした。そして長者の屋敷のうちに一宇を建て、像を安置した。今も玉浦の蒲崎にある恵光寺は、長者の建てた阿弥陀堂に由来するものと伝えられる。

赤坂長者〔宮城県〕

宮城県柴田郡槻木町の赤坂というところに長者があった。日本武尊が東夷を手なずけるために、日高見の地方までも下って来られた折のこと、この長者のもとにとどまり、その娘を愛せられた。そして都へおかえりの時、かたく再会を約して別れられたが、ついに伊勢の国ではかない御最期をとげさせられた。従って都からのうれしいたよりをまちわびる長者の娘に対しては、何の音沙汰もなかったから、娘はやるせない悲しみに心がうちくだかれ、白石川の深い淵に身を投げて、自らその命を絶った。しかしその魂は、白鳥となって、尊のおわす都の空までかけり飛ぼうと誓ったことをそのままに、間もなく下流から二羽の白鳥がとび立って、はるか南の空をさして、遠くとび去った。里の人々はこれをあわれみ、白鳥社をたてて娘をまつり、長く地方の鎮護としたが、娘の入水した跡には子捨川という名を残して、今も口碑に伝えられる。

註　日本武尊がなくなって、これを葬むると、その霊が化して白鳥となり、伊勢のミサザギからぬけ出でて、あちこちに跡をとどめたというので、大和の琴弾原や河内の古市などの三陵を残していることは、日本書紀の伝えるところである。

陸前でも日本武尊をまつる白鳥社があちこちにあって、宮城県刈田郡の宮の刈田嶺神社、柴田郡金瀬の大高山神社などが、特に知られている。

日高見は、キタカミと同じ語根で、宮城県桃生郡には、北上川の水神をまつる日高見社というものがある。

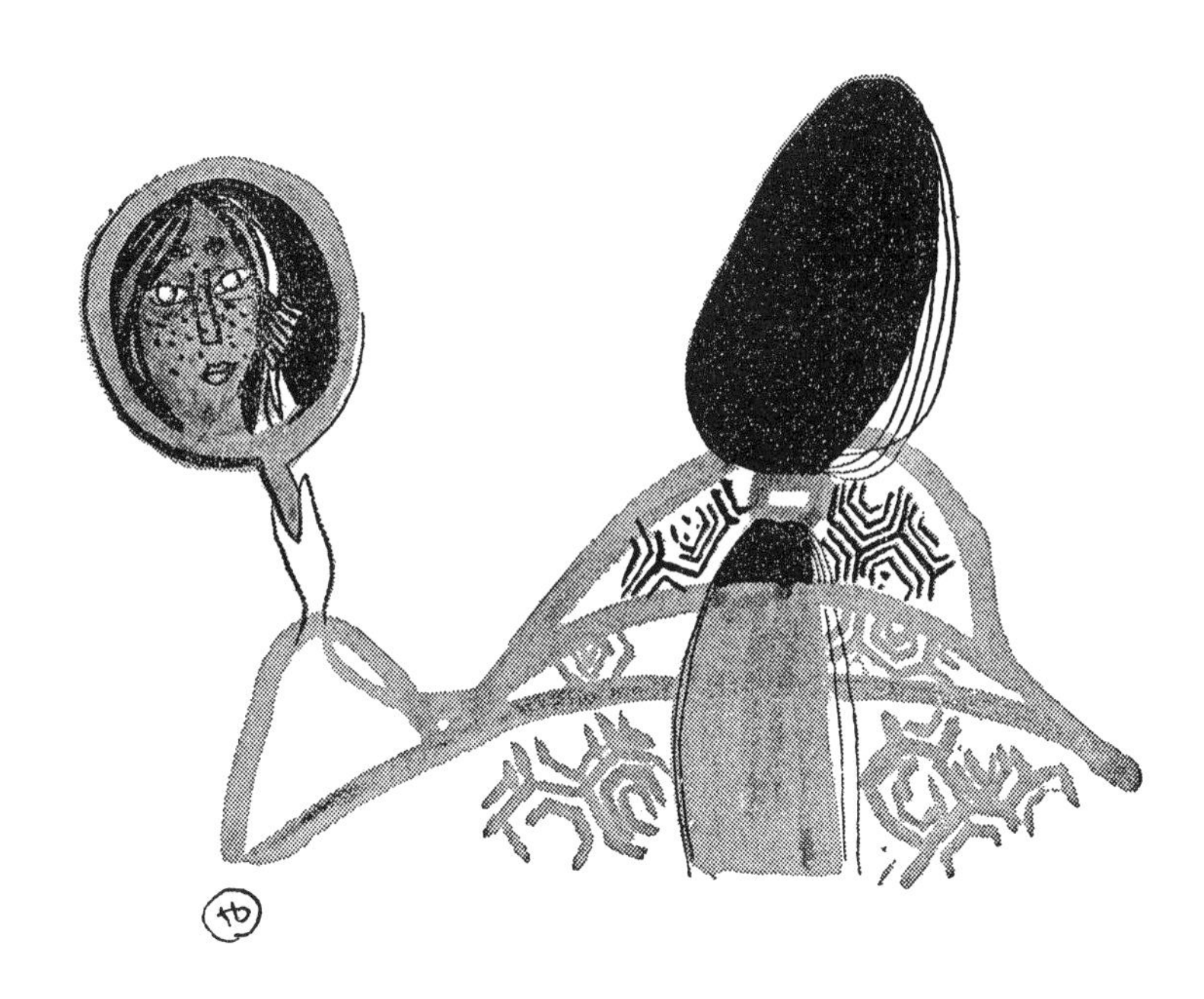

阿久玉姫と長者たち〔宮城県〕

仙台市石名坂円福寺の本尊悪玉観音は、聖徳太子の御作とせられ、征夷将軍坂上苅田麻呂が、護身のため京都からささげもって下向したものとせられる。時に今の宮城県宮城郡菅谷（利府町）に宮内長者という豪族があって、苅田麻呂はその附近に陣屋をかまえ、一日狩りくらの帰りに宮内長者の家に立寄ったが、給仕をつとめた長者の娘で、才色無双の阿久玉姫を見てこれを愛し、その家に出入するうちに、姫はいつしか身重になった。そこで苅田麻呂は白羽の矢と、護身の観世音とを契りのしるしとして、姫に与えて帰京した。かくて月満ちて、姫は佐賀野原に立てた産屋（うぶや）に、千熊丸を生み落した。千熊丸は十三歳の時上京して、父苅田麻呂に対面し、長じて文武の才にすぐれ、その名を田村麻呂と改め、父についで大将軍に任じ、観音は母が祭って陸奥にとどまり、今は円福寺に祭られている。

一説に阿久玉は岩代白河郡虎丸長者に仕えた下女で、三国一のみにくい女であったのを、国見山に拠った夷賊大武丸を討たんとして下向した坂上苅田麻呂が、夜な夜な怪しい光りを感じ、その正体をつきとめると、阿久玉が木賊田の清水に根芹（ねぜり）を洗う天女のような美女と化していたので、矢田川の院旨峰なる陣中にともない、それから田村麻呂が生まれたことになっている。

また岩手県紫波郡赤沢村になると、更に一層複雑となり、阿久玉姫は陸奥に配流せられた中（なか）御門（みかど）中納言泰照（やすてる）の娘で、父の赦免を熊野権現に所請する間に、人買いの手にさらわれて、転々外ガ浜に売られて行く途すがら、和賀郡煤孫（すすまご）の観音堂に一夜をあかした。ところが一夜のうちに姫の顔が黒くなり、髪は赤くちぢれ、みにくい姿になったので、ともの人買いにも捨てられてしまった。しかし相去（あいさり）の甚吉というものに助けられ、紫波郡北田の里、久門井（くもい）長者の家に下女として雇われたが、あまりにみにくい女であったため、人々から悪玉と呼ばれた。然るに紫波の郡司だった坂上苅田麻呂が、五ツ森に鹿狩を試みた折、長者の家に立寄り、物ずきにも悪玉を召して狩屋の侍女となし、悪玉は郡司の子をはらむこととなった。苅田麻呂は契りのしるしに、鏑矢（かぶらや）と八鬼符（やきふ）の肌の守りとを悪玉に与えたが、それとも知らぬ久門井長者は、悪玉をひどく使いまわし、月満ちてそまつな萱野の小屋にひそんで生み落したのが、後の田村麻呂であったと語り伝えている。

註　坂上苅田麻呂と生玉姫との物語は、奥浄瑠璃として語られて来た。姫の父という宮内長者、九門長者（小野猿丸の註）、久門井長者は相通ずる。この種の説話は、後の源義家についても作り成されている。例えば、岩代国信夫郡宮城では、安倍貞任に捕えられた義家に侍し、相思の仲となった貞任の妹尾上の墓と称する古碑を伝える。義家は、尾上の好意により、再会を期して敵手を脱したが、これを慕って義家の陣営をひそかに訪れた尾上は、東夷としてにべもなく追われたので、悲しみのあまり自ら生命を絶った。村人はこれをあわれみ、葬祭して碑を立てた。しかしいつの頃からか、尾上の亡魂が婚嫁をなすものにタタリをなすというので、嫁するものがその碑の前を通過すれば、縁熟せずとしてこれを忌み、また、夫を嫌い縁を切らんとする女が、この古碑を人知れず縄もてしばり置けば、望むままに縁が切れると信じられて来た（信達一統志）。陸中和賀郡谷内の砂子にある大沢滝神社も、今でこそ、瀬織津姫とカグツチ、それこそ水と火の神をまつっているが、古くは、安倍貞任の娘である真砂姫が、源義家を慕いながら、添い遂げることのできないのを悲しんで、この地の滝に身を投じて果てたのを祭る神となし、後世『滝の白糸真砂のおだまき』などいう物語が作られた。されば、盲目になった袖萩が、いたいけな娘に手をひかれ、雪の安達ケ原をさまよう戯曲袖萩祭文（近松半二作）などとは別に、いろいろな語り物などとして流伝したものと考えられる。

蜂屋長者〔宮城県〕

いつの頃か時は詳かでない。今の仙台市の東北、小田原玉田横野に、蜂屋（はちや）長者という分限者（ぶげんしゃ）がすんでいた。そして数多くめし使う男女のうちに、小萩（こはぎ）というみめ美しく、心ばえも清らかな少女があって、人々からは観音さまの生まれかわりよともてはやされた。ところが小萩は幼少の時に父母をうしない、一家は離散して、たった一人の兄の行方も知れなかったので、何とかして兄にめぐり合いたいものと、夜な夜な屋敷をぬけ出で、近くの福沢明神に祈願をこめ、時には夜あけて後に帰ることもあった。長者はこれを召して、わけをたずねたけれど、小萩はただだまって泣くばかりだったので、いとしい若者でもできて、不義をしているに違いないと思いひがみ、ひどくしかった上に暇をやって、屋敷から追放した。小萩には帰って行く家もなかったから、その夜は福沢明神から北の方の梅田川のあたりをさまよい、生いしげった草むらの中に一夜をあかし

風もふき雨の降るをもいとわねど

今宵ばかりは露なしの里

という一首を残して行方も知れずになった。草むらに露がなかったはずはないけれど、その草むらの雨よりも風よりも、人に恵みの露、なさけのないことが、たえ難くつらいものであったに違いない。里人はやはり小萩は観音さまの化身だったといいはやし、その地に碑を立ててこれをまつった。今も露なしの里と称して杉の大木があり、その地の片葉のヨシとともに、玉田横野の一名物にかぞえられる。

八木長者〔宮城県〕

平泉の藤原秀衡が栄えた頃のことと伝えられる。宮城県玉造郡三目丁村（今の宮沢村）に一つの小さい池があり、大蛇がそこに住んでいて、年々村から少女をいけにえに供えなければならなかった。ある年この池に近い八木長者の家の屋根の上に、ふしぎなしるしがあらわれた。それは娘をいけにえに供える番がめぐって来たことをしらせるもので、長者には佐伯前（さえきのまえ）というすぐれて美しい娘があった。長者はなげき悲しんだけれどせん方もなく、ついに佐伯前を美しくよそおわせて、いけにえのために設けられた池のほとりの櫓（やぐら）の上にのぼらせた。そして夕やみせまる頃、なまぐさい風がさっと吹いて、池の面がゆらゆら波立ったと思うと、恐ろしい大蛇があらわれた。櫓の上の佐伯前は恐れる色も見せずに、一心に経文を読んでいたが、この時木かげから若武者が出て来て、弓をひきしぼり放った矢が、ねらいあやまたずただ一呑みと娘に近づく大蛇ののど笛を貫きとおした。大蛇はのたうちまわって苦しむこと三日三夜、とうとう死んでしまった。そこでこの所を横枕、大蛇の屍を切った所をマナイタ橋、焼き捨てた所を灰塚、池の名を抑（おさえ）ガ池（抑えとは捕えと同意）と呼ぶことになった。しかし若武者の姿は間もなく消えて見えなかったので、人々は若宮八幡の神であろうと噂した。そして都から下って来た巡礼僧が、この物語を聞いて蛇骨を拾い集め、これを埋めてそこに円通妙山虚空蔵福満寺（天台宗）を建てた。後年大崎義隆が名生城に移るや、城の東北（艮）に当るというので、鬼門鎮護の祈願所としてこれを尊んだが、その滅亡後はこの大伽藍も荒れてしまった。

一説に長者の娘は二人あって、大蛇は姉に想いをかけ、たびたびこれを苦しめたから、妹は姉を救おうと決心し、ある日大蛇が来た折に、瓢簞千を沈めて針千本を浮べたら、喜んでその意に従うべきを約し、大蛇はこれを承諾した。そして池に浮べられた瓢簞を沈め、沈められた針を浮べようとして努力したけれど及ばず、ついに力尽きてもだえ死んだとも言われる。

姉取沼の長者〔宮城県〕

宮城県登米（とめ）郡北方村の姉捕沼（あねとりぬま）は、昔長者の娘が捕（と）られた所として知られる。一夕親しい人々を招いてお酒もりをした翌日、長者の娘二人は、屋敷に近いこの沼に行って、お椀やお皿を洗いすすぐのであった。空がからりとはれて、微風もそよがぬ沼の水面には、ただ洗いすすぐ姉妹の手さばきに、さざ波がゆらぐばかりであったのに、一天にわかにかき曇り、突如嵐が吹き起り、あっという間に姉は沼の中に吹きとばされ、姿も形も見えなくなった。「姉さん、姉さん」と狂うばかりに連呼する妹の声を聞きつけて、はせ集まった村の人々は、竿を立てても網を引いても見つからない姉を、てっきり沼の主に捕られたものときめてしまった。そしてこの沼を姉捕沼とよぶようになつた。

それからというもの姉を慕って涙のかわくひまもなかった妹は、ひとりしょんぼり沼の岸に立ったりすることが多かったが、ついに姉の跡を追うて自ら沼の底に沈んでしまった。村では誰いうともなく、姉は姉捕沼の主(ぬし)となり、妹もそこから程遠からぬ沼にうつって主となったものと考えて、その方の沼は妹沼というようになった。

それから幾年かたった後のことである。沼に近い太田河という所に、弥吉という信心深い若者があった。村の若衆が伊勢参宮をしようというのに、弥吉は家が貧しいために一行に加わることができなかった。ある朝のこと、弥吉は姉捕沼のほとりで草を刈っていると、「弥吉、弥吉」と呼ぶ声がする。「アイ」と返事をしながら頭を上げると、観音さまの姿をした女神が、沼の水面に裾をひきながらこちらに近づいて来る。弥吉は鎌をすてて伏し拝んだ。

「弥吉、お前は顔色がよくない。何か心配ごとがあろうが」

と図星をさされた弥吉は、伊勢参宮に出かけたいのだが、貧しくて路銀がない悲しみを正直に物語った。すると女神は、感心な心がけなので望みをかなえさせてやるから、上方の妹沼に行った自分の妹に手紙をとどけてほしいこと、妹からはお礼に銭を送られるけれど、それをもらわないで、次に出された宝物をうけとって帰るように言い含めて、金と手紙を手渡した。

「ようがす。きっととどけてあげっから。」

弥吉はうれしくてたまらない。妻に事の始終を物語って、よろこび勇んで参宮に鹿島立ちした。そして妹沼の主から桐箱に入れた小さいひき臼をもらって無事に帰って来た。けれども妻にもこの事だけはうちあけないで、こっそり長持の底にしまい込んだ。そして毎日こっそり人目を忍んでひき臼を一廻しまわすと、ポロリポロリと金の粒が落ちて来た。弥吉はたちまち豊かな金持ちになった。妻はふしぎでならない。弥吉にたずねても何も話してくれなかった。ある日のこと、そっと長持を探して見ると、桐箱に納められたひき臼があった。何心なくまわして見ると金が出て来た。もう一度まわしたらまたこぼれ出た。「ああこれだ」と妻はぐるぐるひき臼をまわした。限りなく金が出て来たけれど、ひき臼の回転もとまらなくなり、ぐるぐるまわりながら家をとび出し、とうとう沼の底深く沈んでしまった。

旭長者〔宮城県〕

宮城県登米（とめ）郡吉田村善王寺の朝来（あさこ）（古く浅子）に、旭長者がいて、峰伝いに高さ一丈余、長さ数百間にもわたる土手を築き、あり余る金銀財宝を土中に埋め、子孫に示すために

朝日さす夕日かがやくその下に
うるし万ばい黄金億々

と歌っていた。ある時賊が長者の宝ものを奪いとろうとしたが、長者は長堤の上に白米をまいて白壁に見せかけ、下男の外にワラ人形を立てて守り固しと見せたから、賊はこれを望見、びっくりして逃げてしまった。

なおこの長者の家に奉公した女中で、後に上方に帰り長命したものの話が残っている。いつ頃のことか、上方見物に出かけたこの地方の人々が、道ふみ迷い備前岡山のさる片田舎の民家に休息した。その家に百十余歳という老婆があり、かつて若い時奥州登米郡にいたものと称して、なつかしげにいろいろ昔語りをしてくれたけれど、その話頭にのぼるものは、概ね今はなき人々のことであった。それで長命の秘訣でもあらば伝授されたいというと、老婆は

「格別心当りもないけれど、佐沼附近に三沼（みつぬま）という沼があった。若い頃毎朝煮麦を洗いに行ったが、いつも紅いエビが泳いでいるのを見て、何とかしてこれを捕ってたべようとしたものの、容易につかまえ得ず、苦心して遂に捕え、生のままでこれをたべた。それからというもの、気もカラダも強くなったようで、その外には薬も養生法もない」

と答えた。或は朝早く池の中を泳いでいた珍しい小魚だったとも言われる。

朝日長者〔宮城県〕

宮城県登米郡南方村の薬師島、隠里などに、長者の屋敷跡が残っている。近い世のこと、ここ薬師島にもの惜しみのひどい源右衛門という長者が住んでいた。常々下女下男にもつらく当ったが、とりわけ下女が子を生んだというので、それを近所の池に投げ込もうとしたから、下女は子供可愛さに、これを背負いながら田植をしたため、子供の首が抜けて田の中に落ちてしまった。下女は狂わんばかりに驚いて、日ならずとうとう悶え死んでしまった。しかしそれからというもの、下女の亡霊が夜な夜な長者の家にあらわれ、さすがの長者もやがて没落し、屋敷跡は畑となったが、それを耕すものは死ぬか、さなくば病気になるというので、荒れるままに打捨てられてしまった。隠里（かくれざと）にある朝日壇という所も、朝日長者の屋敷跡とせられるが、ここにはただ次のような歌が伝えられているだけである。

朝日さし夕日かがやくこの下に
漆千ばい黄金億々

同じ宮城県宮城郡岩切の小鶴（こつる）にも、これと相似た話が語り伝えられる。今は水がかれて小さくなった小鶴ガ池は、もと小鶴という女が身を投げた沼であったという。昔多賀城下に強欲な富豪があって、小鶴はこれに仕えたみめ美しい下女であった。然るに主家これを遇することすこぶるむごくて、ある年の田植えに、広い田を植え終らせようと、子供に乳を与える暇もやらずに使いまわしたため、遂に背負うたままに飢死させてしまった。小鶴は深く悔いて沼に身を投じ自ら生命を絶った。その田が利府北部の春日社辺にあり、田の中に死児を埋めたという小さい丘があった。小鶴ガ池も昔は大きい沼であったということである。

炭焼長者〔宮城県〕

その一

宮城県栗原郡金成は、炭焼長者の藤太のふるさととして知られる。藤太は正直もので、よくまめまめしく働いたが、ある日見たこともない若い女が突然たずねて来た。聞けば京都の三条右大臣道高の娘於幸弥前（或は某宮家の姫で古耶姫ともいう）というもので、清水寺の観音さまに教えられて、炭焼藤太の嫁さんになるために、はるばる陸奥に下って来たのであった。あまり美しい女ではなかったけれど、ある時親から譲ってもらった砂金を紙に包んで藤太に渡し、町に行って米やミソを買って来るように頼んだ。藤太は途中、沼のほとりに雁、鴨の群れ居るを見て、思わずもっている砂金を投げつけてこれを捕え、喜んで帰宅した。於幸弥前はこれを聞き、夫の愚かなことにびっくりして、砂金はタカラモノで多くの米とも着物とももとりかえられることを告げると、藤太はそんなものなら炭焼くカマのほとりにはいくらでもあると、別段おどろく風もなく、沢山に採って来てやがて長者となり、金売となって京に上った。

一説に女は藤太について山に行き、あちこち山や谷を掘らせたが、ふしぎに目もくらむような、きらきら光る黄金が、ぞくぞくと出て来た。こうして教えられて掘ること幾日、藤太はいつしか大そうなお金もちとなり、村の人々から炭焼長者と呼ばれるようになった。そして村の名も金生（かねなり）、藤太が炭を焼いた山を金山沢（かねやまざわ）と名づけた。藤太は黄金で鶏をつくって山の上に埋め、その山すそを鶏坂と呼んだが、時々暁の暗を破って、鶏の鳴声が聞えて来た。

金売で知られた吉次や、吉内、吉六の三人兄弟は、この炭焼長者の子供たちで、やはり同じ村にある南館、東館、西館は、この兄弟がすまいをかまえた屋敷跡だと言い伝える。

註　炭焼藤太の物語は、仙台市竜宝寺縁起に伝えるところである。藤太夫妻の墓は金成の畑部落にある。一は『仁安二年三月十七日卒、常福寺殿安叟長楽居士』他の一基は『仁安二年八月七日卒、徳雄院智眼貞慧大姉』と刻しているが、金売吉次にさき立つ年代に当てて、後世に建てられたものであろう。なお正徳五年に建てられた『藤太石塔偈並引』と刻せる碑もある。畑部落の渡辺喜三郎方には、文化十五年四月六日、金鶏坂の附近の道普請をした折に、土中に炭が埋めてあった中から得たという雄（長さ二寸五分、高さ一寸二分、神と刻す）雌（長さ二寸一、二分、高さ一寸、山の字を刻す）一双の金鶏を所蔵している。その他金成から沢辺に至る途上、金沼（礫として黄金を投げた沼）、金山沢、金山原（畑部落の長者の屋敷跡で布目瓦を出す）、金蔵跡、吉次兄弟居館跡などの遺跡を伝え、吉次の帰依した金成山福王寺（真言宗）、父母の冥福を祈り建立した福応山常福寺（天台宗）などもある。

炭焼長者の本場は、豊後三重（みえ）の内山、満月寺や磨崖仏などを残した真野（満野）長者炭焼又五であると称せられる。その伝説は周防の柳井浦や伊予の太山寺にもつながり、これを主題にした盆踊りの歌は、筑前朝倉郡、安芸賀茂郡などの各地でもうたわれている。東北地方では同型の物語が、宮城県柴田郡平（封内風土記）山形県東村山郡宝沢に伝えられ、更にやや趣を異にして岩手県和賀郡地方にも残っている。鋳物師、冶工の流伝の跡という。

その二

岩手県和賀郡の山根（奥羽山脈沿いの地）の村に、隣同士で炭焼を家業にくらしている男があった。ある日、仕事をすましての帰りみち、日がとっぷり暮れてしまって、家まで帰りかねて山の堂で一夜をあかした。夜ふけて二人は夢を見て、ふと目がさめた。堂の中に多勢の神たちが集まって来て、ガヤガヤ世間話をしている。そこへ山の神さんが後れてはいって来て、赤い顔に流れる汗をふきながら、隣同士のカカたちに子を生ませて、それを見てから来たのでなかなか忙しかったこと、男の子と女の子と生まれたこと、男は米一升、女は塩一升に盃をもって生まれて来たこと、さきざき二人の縁が結ばれて夫妻になるよう生まれついたことなど話していた夢で、目をさました炭焼男が、互にその見た夢を語り合って見ると、どちらも同じ夢だったので、またびっくりした。そして何となく心配になって、夜のあけるのも待たず、急いで家に帰って見ると、二人の妻は昨晩ともどもお産をして、子供は山の神さんの言ったように男と女であった。

この二人が成長して夫婦になった。新家庭はすべて調子よく行って、お金も不自由がなく栄えたが、ただ一つ男にとって不満でならなかったことは、妻が盃を手放すことがなく、ザンブガンブと湯水のように酒をのむことであった。たびたびしかって見たけれど、どうしてもなおらなかった。殊に相手になって酒をのませてもらうのをよいことにして、沢山の客がこの家に集まって来たので、男はしんぼうができないで、妻と別れることになった。

妻はずいぶんわびたけれど、許してもらえなかったので、あてどもなくひとり旅に出た。深いけわしい山路、さびしい野原、そんな所をさまようて、ある日のこと、そっと道ばたの畑から大根を一本ぬきとって、ガリグリかじって見ると、大好きな酒の味がするので、じっと見ていると、その抜取った跡の穴に水がわいて来た。ためしに指さきでなめて見ると、それもお酒であった。女はその晩一夜の宿をしてくれた鍛冶屋の爺さんに、酒のわく所を教えたので、爺さんは毎日それをくみとっては町に売りに行ったから、だんだんお金がたまって来た。その上よく見ると、爺さんの家の内庭、金床のあたり、みんな山吹色の黄金ばかりなのに、爺さんは一向気がつかずにいたので、女はそれも宝ものだと教えた。爺さんはその黄金も少しづつ町に売りに行っては、沢山のお金をもうけて帰ったから、たちまちのうちに長者になった。

話かわって妻とわかれた男は、あべこべに次第に貧しくなり、炭を焼いてはそれを鍛冶屋の爺さんに売りつけて、細い煙を立ててくらした。だから長者になったのは鍛冶屋の爺さんで、炭焼く若い男ではなかったけれど、村の人々は炭焼き長者の話といって、かくべつふしぎにも思わず、口から耳へとうつし伝えた。鍛冶屋の仕事も、炭とは深い縁があったからであろう。

註　志田正徳の信達一統志にも、炭焼藤太の伝説を載せ、福島県信夫郡平沢にその屋敷跡あり、その妻女が京都から勧請した北野天満宮、清水観音、藤太が黄金を投げた鴨池、藤太の三子をまつる吉治祠、吉次兄弟が採掘した平沢金坑などが、これをめぐって存在することを伝えている（巻八）。

その三

昔、あるところに一人の鍛冶屋があった。嫁をむかえたところが、その妻女があまり金銭をそまつにするので困った。鍛冶屋はたびたびこれをたしなめたけれど、ちっともなおらない。自分がつかうのではないが、夫がいくらせっせと働いてお金をもうけても、妻はどしどし人にやってしまった。そこで鍛冶屋はしんぼうしきれないで、とうとう妻とわかれることになった。鍛冶屋を追われた妻は、帰るべき実家（さと）もなかった。夕暮近いさびしい山路を、とぼとぼたどって行くと、はるかに炭焼小屋が見えたので、今晩はそこでとめてもらおうと思い、近づいて見ると誰もいなかった。かたわらの炉にナベをかけて、何か煮ている。フタをとって見ると御飯だったので、こげつかないように加減を見てやった。

暫くすると炭焼の小父（おじ）さんが帰ってきた。女が一夜の宿を求めると、小父さんは

「もう明日までの御飯をたいてしまった。お前をとめたら、明日の米がないよ」

と答えた。そこで女は

「明日の米はおれが心配するから、とめてクナサエ」

とせがんで、煮えてある御飯を二人でたべた。夜があけると、女はもっている金の粒を小父さんにやって、町に米買いに行ってもらおうとした。小父さんはふしぎそうに首をかしげ

「こんなもので、米買えるってか」
と反問するので、女はそれが金という宝で、米でも着物でも買えることを教えた。しかし金が宝なら、木をきり出す奥山には、いくらでもあった。小父さんは、金のことを知っているこの女を妻女としたが、いくら銭金(ぜにかね)づかいのあらい女でも、とてもつかいきれない程の金が出て、この夫婦はたちまち炭焼長者となった。
一方妻と別れてからの鍛冶屋は、だんだん貧しくなって、ついに乞食におちぶれた。そしてある日、この長者の家に物を乞うた。妻女はちらりと一目見て、これが先夫の鍛冶屋であることがわかつたので、知らぬ顔して長者にすすめ、下男として終生使ってもらうことにした。

（岩手県遠野市土淵）

その四

山で年中炭焼きをしている男が、よそからもの知りの嫁をもらった。そして新夫婦がつれだって町に行くと、町の子供が金の粒をおもちゃにして遊んでいた。嫁はびっくりして
「ありゃ、もってエねえ、宝ば……」
と声をかけた。男は何のことかわからなんだが、帰りみちにわけを聞いて、金という宝もののことを知った。そしていつも働いている炭がまのあたりには、そんな宝ものならいくらでもあると言った。
あくる日、この夫婦は山に出かけた。なるほど炭がまのそばのガケの辺には、キラキラ、ザ

クザク、採ってても掘ってもなくならない程たくさんの金があった。こうして新夫婦はわけもなく長者になった。炭俵を納めた倉が、いつの間にか金倉にたてかえられて、幾つも幾つも棟をならべて、村の人々の目をみはらせた。

こうして財宝にみち足りた長者にも、一つのなやみがあった。それは美しい一人娘に、なかなかふさわしいムコが見つからないことであった。もともと炭焼きを家業としたけれども、長者になり上った今では、同じ所の若い衆ではもの足りなかったのである。それで何かの用事で村にはいって来たり、また村をとおるヨソモノにばかり目をつけて、ムコの吟味をしたのであった。そうしたあげく、娘が十八の年、村に来た最後のものを、くじをひくようにしてムコにむかえた。

ところがこのムコは、なかなか義理がたい働き手で、長者夫妻の気にも入り、娘との仲もむつまじかった。ある年のこと、村から伊勢参宮がたつことになって、長者のムコも一行に加わった。そしてみんな江戸までのぼると、吉原のオイランというものを見に行こうという相談になったけれど、長者のムコは自分の妻ほどの美しい女もあるまいからと、その誘いにのらなかった。それを聞いて腹を立てたのは吉原の番頭で、吉原一番の美人オイランを見せても、ムコは自分の妻には及ばないとはねつけた。そこで番頭は画師をつれて、炭焼長者の屋敷に下った。美しいという娘の絵姿をかいて帰って、ムコの鼻をあかそうというわけである。しかし娘は実際に美しかったので、その母、すなわち長者の妻の繪姿をかかせてもち帰り、ムコをやりこめようとした。もちろんそれはニセモノであつたけれど、番頭の巧みな口車と、今なら愚連隊とでもいうべきいつもこうしたところに巣食うヤクザどもにおしまくられ、言い負けて、ムコは首をきられそうだという噂が、長者の里に伝えられた。娘は夫の大事と聞いて、矢も楯もたまらない。急いで江戸におもむいたが、もとより天成の麗質、吉原三千のオイラン も顔色なく、みんなのおどろきのうちに、ムコの勝利となったということである。

（岩手県遠野市土淵）

註　この説話は、あるいは『炭の倉長者』の名によって伝えられる。

彦総長者〔宮城県〕

宮城県登米郡浅水村の川面に、お鶴明神という小さい社がある。この地に彦総長者というものがあって、その下女だったお鶴をまつったものである。お鶴は南部領の山家そだちで、気さくな少女であった。

昔からこの辺を流れる北上川が、洪水の度毎に荒れ狂うて、人畜をそこのうことが甚しかったが、殊に堤防がこわれるのが最も人々を苦しめた。後に仙台萩騒動の立役者となった伊達兵部宗勝が、登米の館主だった頃のことである。この人らしく、人間を生きながら埋めて人柱とし、そうして堤防をきずけば崩れないという勧めを納れ、お鶴を人柱にして工事を終った。それから堤が崩れなくなって、洪水の害が少くなったので、地方の人々がこれを徳とし神に祭ったのだという。

あるいは一説に、お鶴は水越村の伊藤某という長者の下女だったとも伝える。この伊藤某が堤防修理の工事を請負うた時、お鶴は正直な働き手として、ひとり主家によく仕えたばかりでなく、工事をたすける土工人夫たちの世話までひきうけて、よくいきとどいたから、誰からでもかわいがられた。しかし終に疲れが出て病気にかかり、若くてあえなく倒れてしまった。主人夫妻はもとより、人夫一同もいたくこれを悲しみ、工事奉行に願って、お鶴のナキガラを堤防の一角に埋め、鶴のように千年までも崩れないようにと祈った。お鶴明神は、そのお鶴を祭ったのだとも伝えられている。

照井長者〔宮城県〕

陸奥の平泉で、それこそ黄金花さく栄華物語をのこした藤原泰衡（やすひら）の家臣に、照井太郎高直というものがあった。よく泰衡に仕えて、十七万騎という多くの家臣のうちでも、かくべつ泰衡からは目をかけられていた。されば泰衡が源頼朝にきらわれて、文治五年に討手の大軍をさしむけられた時には、高直は出でて伊達の大木戸にこれを防ぎ、頼朝方の先鋒（せんぽう）畠山重忠などとはげしくわたり合い、ついに討死して、そのナキガラはニラカミ山に埋められた。その後の戦いは泰衡方に不利で、さしもの豪華であった平泉が兵火に焼け、藤原氏の臣下もちりぢりとなったが、照井高直の妻子は落ち人となって、宮城県栗原郡有馬（今の萩野）の山里にかくれた。

高直の妻は、酒をつくることが上手であった。今でもみちのくはドブロク（濁酒）の産地で、その頃にでも酒がなかったわけではあるまいが、何せ平泉本場の酒、人々によろこばれていつしか富を積むに至り、夫高直との間に生まれた太郎の代になると、照井長者とよばれるようになった。太郎は亡（な）き父のため、法華経を一字一石にうつして埋め、経塚をついて五輪塔をたてたりしたので、五輪山、五輪峰、五輪沢などいう地名を四辺に残した。

然るにこの照井長者には、たくさんの子どもが生まれたけれど、十三歳になると、みな死んでしまって育たなかった。いろいろカジ、キトウをしても、ききめがなかった。ある時黒石寺（こくせきじ）（今の水沢市）の和尚さんに教えられて、とり子ということをしてもらった。それは十三歳になる前に、男の子を寺入りさせて小僧に仕立て、村では死んだことにして、盛んな葬式をいとなんだ。そして一度小僧になったのを、翌年また実家にむかえて育てるというやり方で、その後は難をのがれ、子孫が長く栄えたと語り伝えられる。

註1　鹿ガ城
　宮城県登米郡佐沼にある。文治年中、照井太郎高直の築いたもの、高直が猟して得た大鹿を埋めて城の鎮めとしたのでこの名がある。
註2　照井堰
　岩手県南地方では、伊達の大木戸で討死したのを照井高春とし、今の一関市中里にその墓ありと伝え、或は登米郡佐沼の城に居り、頼朝の討伐を避けて、同市厳美の骨寺に隠れたともいう。その後に照井太郎というものが出で、西磐井郡の沃野を潅漑するため、磐井川を上水して、照井堰を開設した物語を遺している。
註3　黒石寺
　今の水沢市黒石にある。天台宗、その本尊薬師如来に貞観四年十二月云々という胎内墨書銘があり、また毎年陰暦正月七日に当る日、蘇民祭のハダカ祭が行われることで知られ、行基、慈覚などに縁起づけられる古寺である。

糠塚長者〔宮城県〕

宮城県栗原郡宮沢村愛宕山の近くに、長者が糠(ぬか)を捨て、積って山となったという糠塚山がある。今でも、岡の上から焼米が掘出されたりする。この長者に美しい一人娘があったが、そのあたりに権力を振う地頭から、嫁にほしいという申込をうけたけれど、一人しかない娘であるからこれをことわった。地頭は怒って、長者にいろいろな難題をもちかけたから、長者はここを去って最上(もがみ)へ立退くことになった。そこで一夜のうちに家財をはこぶため、つかっている雇人の全部を路上に立たせ、一つ一つ手送りにして運び去った。そして織りかけた機と金の鶏とは、近くの化女(けじょ)沼に沈めた。丁度それは七月六日の夜だったので、七月七日の朝に沼の中で鶏が鳴けば、村には何か異変が起るものとせられて来た。

なお沼の中の魚族は、一夜のうちに長者に従って最上に移ったといい、沼から山にかけて小さい沢の多いのは、沼の貝が最上に移った跡だという。糠塚山の東にある化粧清水は、長者の娘が化粧の水にしたものとも、或は長者の小者が酒買いを命ぜられ、酒屋の遠きを厭うて、酒のかわりにこの清水を汲んで長者にささげたものともいう。昔泉の傍に一株の古柳があつて、小野小町が揚枝をさしたものから芽を出したと伝えられたが、今はない。

勘新太長者〔宮城県〕

　宮城県宮城郡の七北田(ななきだ)というところに、俗に山の寺といわれ、文武天皇の御代、定恵(じょうえ)が開いたと伝えられる古寺がある。定恵は名高い藤原鎌足の子で、大和の多武峰(とうのみね)に父の墓をつくり、後の談山神社の基をつくった人であるから、この山の寺は、みちのくで一番位古い寺であったと言ってよかろう。正しくは蓮葉山円通寺と称した。

　寺の近くに勘(かん)新太という長者があった。あつく仏さまをたっとび、実直なたちの人で、たくさんのお米やお金をお寺に寄進もし、お仏参りもおこたらなかった。新太の妻はフミ女といい、美しくあでやかであったために、それを鼻にかけて、とかく人を人とも思わず、あまり評判のよい女ではなかった。

　ある日、フミ女は夫についてお寺参りをしたが、その頃お寺に来てから間もない竹阿(ちくあ)という若い美僧にお茶をくんでもらって、ひそかに竹阿に心を寄せることとなった。そして何ともして竹阿に親しみたいと思って、新太の目をぬすんで、いろいろ珍しいものなど竹阿に送り、その心をひきつけようとしたが、道心が固く修行に余念がない竹阿は、ふり向いて見ようともしなかったので、フミ女は言い寄ることができず、空しくなやましい心の焔をもやしつづけたが、ついに竹阿をうらみながら、寺辺の池に身を投げて死んだ。しかしその執念のために、往生することができないで、いつしか大蛇となり、戒しめのきびしいお寺に、また思いをかける竹阿に、何ぞアダして困らせてやろうと思うようになった。

それとも知らぬ竹阿は、お寺のあけくれを、仏さまにつかえたが、ある日、あやまって足をすべらせ、池に落ちたところ、溺れてしまって死体も浮かびあがらなかった。村では誰いうとなく、フミ女の霊が竹阿をとったのだとうわさし合った。

お寺の池では、事実、人知れぬ異変がつづいていた。大蛇のフミ女は、今度こそ竹阿を同じ大蛇にして、これをわが夫にしようと、いろいろと手をつくした。火をふいておどかしたり、なまめかしい姿にかわって、竹阿の心をとろかそうとしたり、百方これを誘いなびけようとしたけれど、仏さまにつかえて来た竹阿の心は鉄石の如くで、火にも焼けず、水にも流されなかった。こうして言わば水火の戦いがつづいたあげく、再び失望した大蛇のフミ女は、一夜すさまじい暴風雨を起こして、土石をとばし水をあふれさせ、円通寺の殿堂をうち倒し、寺地一面を大きな沼にしてしまって、そこのヌシとなった。そしてその辺を通る人があれば、出でてこれを害するに至ったから、さしも美しかったお寺が消え、たずねる人もない無人の境になってしまった。

それから久しい年月を経た。ある時、この沼のある七北田の村に、ふらりと一人の旅僧がやって来た。そしてはるかな昔から、村の人々が語り伝えて恐れている沼の話をきいて、湖辺の松の木の下で座禅をはじめた。それが飲まず食わずで、七日七夜もつづけられた末、一心に所願をこめ、大きな声でジュモンを唱え、かたわらの杖を沼になげこむと、たちまち黒雲がさっとまい降り、沼の大蛇はそれに乗って逃げ去った。旅僧は加賀の国生まれの明峰素哲（みょうほうそてつ）という高僧であった。村人はよろこんで、所の領主にこのことを知らせたので、領主は沼をかわかし地を平らげ、明峰素哲のためにりっぱな寺を建てた。そして寺の名は竜雲山洞雲寺と改めて、長い間のいやな思い出をわすれることにした。

金売吉次〔岩手県〕

古戦場として知られる衣川(ころもがわ)は、岩手県の胆沢、西磐井(にしいわい)両郡の境目を流れ、中尊寺で名高い平泉の東北方で北上川に注いでいる。昔、八幡太郎義家が、城を捨てて逃げ落ちる安倍貞任を目がけ、弓に矢をつがえて追いかけながら

　衣のたてはほころびにけり

と詠んだので、貞任もこれに答えて

　年をへし糸のみだれの苦しさに

とつけたから、つがえた矢をはずし、逃がしてやったというのはここである。奥州に下った源義経が、藤原泰衡のために攻められ、戦にまけて高館に死し、家来の弁慶が立ったままで戦死、立往生(たちおうじょう)の話を残

しているのもこの衣川である。

　義経がまだ牛若丸とよばれた少年の日、鞍馬の寺からここ平泉の藤原氏のところにつれて来てくれたのは、京都の三条に店をかまえていた金売吉次というお金持ちであった。吉次は商売のことで、その頃難波（なにわ）といわれた今の大阪に出かけた。そして淀のあたりまで行くと、道のかたわらでしくしくと泣いている若い女があった。吉次はかわいそうに思って、いろいろとわけをたずねて見たけれど、初めは何も言わなかったが、次第に吉次の親切にほだされて、ついその身の上話をうちあけた。

　女はもと都に生まれ、都で育ったもので、父は民部省の高官藤原基成といい、弟信頼が平治の乱を起して世をさわがせたため、責を問われて役をやめさせられ、遠い陸奥の平泉に流しものにせられた。そして母と二人都に残されたこの女は、ひたすら父がゆるされて帰京のできる日を待ったけれど、なかなか基成はゆるされなかった。雨の日、風の夜、遠い国でさびしくくらす父のことを思うと、矢もたてもたまらない。母にねだってはるばる平泉の父基成のもとに、なぐさめの旅路にのぼった。しかしそれが山科（やましな）から琵琶湖に越えようという山道で、多勢のわるものどもにとらえられ、遂に人買いの手に売られて、平泉とは反対な難波の方へつれて行かれ、船で遠く西の国さして送られることになった。女はそれをもれ聞いて、どうかして隙をねらって逃げ出そうとしたけれど、見はりがきびしくて、なかなかそれがかなわなかった。丁度難波の船宿についた夜、人買いたちは、よい玉でしこたまもうかるというので、したたかに酒を呑んで、みんな前後も知らず眠ってしまった。時分はよしと女はすぐに逃げ出したけれど、淀のあたりまで来ると歩みなれない足がいたみ、もう進みもならず、退くこともできないで、道ばたでしくしく泣いていたのだとわかった。そこで吉次は早速カゴをやとって、女を京の母のところに送りとどけた。

一体吉次は、自分もいつか陸奥に下りたいものだと思っていた。その頃平泉の藤原氏が、貢物として京都にたてまつるおびただしい金や、たくましい馬など、都の人々をびっくりさせたもので、何とかしてその藤原氏に近づきになり、金売りをしてお金をもうけたいというのが、吉次の望みであった。助けた女の父が、その藤原氏の平泉にいると聞いて、早速旅の仕度をととのえ陸奥へ下ることとなった。女が道づれであったことは言うまでもない。

けわしい山坂、人家もないひろい野原、幾日もつらい旅をつづけて、吉次等は平泉に着いた。女も父基成と久しぶりの対面をした。吉次は基成のとりなしで、藤原氏からたいそう重く用いられ、陸奥の金をもち出して、京都の方に売りさばくことを特許せられ、衣川のほとりには立派な屋敷をたててもらった。吉次はこれから平泉と京都との間を、何べんも往来、上下して、沢山のお金をもうけて長者になった。金売吉次とも三条吉次ともよばれた。

平泉に残る中尊寺の金色堂は、藤原氏の建てたもので、柱や壁、屋根瓦まで、金のハクをはり、きらびやかなかざりとした。あまり遠方まできらきら光ったので、北上川をのぼる鮭もびっくりして、これに近づかなかったから、平泉から上流にはのぼらなかったという。また金でこしらえた鶏を埋めて築山（つきやま）をきずいたという金鶏山（きんけいざん）も、平泉の一名物であり、衣川には吉次の屋敷の跡と伝えられる長者屋敷も残っている。

註　今福島県白河の南一里ばかりのところに華籠原（かわごはら）というところがあって、一小社がある。金売吉次、吉内、吉六の三人兄弟を祭っている。吉次兄弟が京都から平泉に下る途すがら、ここでわるものどものために討たれたとのことで、社の後方にその墓というものも伝えられる。また福島から一里ばかり西の方にある猫川というところには、吉次の守り本尊だった観世音をまつる堂があって、ここでは吉次の生まれた故郷だと称している。宮城県栗原郡金成村では、金売吉次は炭焼藤太という長者の息子で、父の藤太はこの地、金山沢という所で炭焼を業としたと語り伝える。源義経の仲間であっただけに、到る所人気者として引張りだこであったことが知られる。

大隅長者（鈴掛観音堂）〔岩手県〕

岩手県西磐井郡の厳美（いつくし）、須川嶽の麓の山里に、炭焼き男があった。毎日山から山へと、木をきり炭を焼く間に、ふとしたことから陸奥（みちのく）にはよくある黄金（こがね）の岡を見出した。そこからは目にもあざやかな黄金が、限りなくいくらでも掘りとることができた。炭焼き男はいつしか金売りになって、毎年秋になると、馬に背一ぱいの黄金を負わせ、都にのぼった。そして次第に富を積んで、村でも、都でも、大隅（おおすみ）長者と呼ばれるようになった。大隅というところにあったあばら屋も、長者の館（やかた）らしいりっぱな家にたてかえられた。

大隅長者が都での宿に、小松という美しい娘があった。毎年陸奥からのぼって来る長者、実直でかざらない、富んでおごらない、やさしい人となりは、この娘の心をひきつけて、いつしか長者を思いしたうようになった。長者もにくいとは思わない。それこそ都育ちのあでやかな姿、歯ぎれがよくやわらかな言葉、ものごし、長者は来年こそしたくをととのえて、娘を陸奥へむかえようと約束して国に帰った。

たわむれにかわした小松への一言、妻も子もある大隅長者としては、その約束ははたし得ないから、ひたむきな小松の心を避けなければならなかった。翌年はついに金売りに都にのぼることさえやめてしまった。しかし小松は十七、長者にだまされたとは夢にも考えられない。待ちきれず、思いあまって、父に請い母にねだって、みずから陸奥へ下ることとなった。侍女一人をつれて、はるかな奥の細道へと旅立ったのである。

山を越え川をわたり、幾日かの後に、やっと着いたのが今の一の関であった。どこでたずねても長者の消息はまったくわからなかった。それもそのはずで、小松を避けようとする長者は、早くから手をまわして、巡礼遍路のともがらに、長者のことを知らせてはならないと、近郷近在あまねく頼みこんでいたのである。

小松はいつか聞いた「磐井の里」という名が、かすかに耳の底にきざみつけられていた。そこで一の関に流れて来る磐井川に沿う村里を、里から里へと軒なみに、思いこがれる長者を探すことにした。そしてついに厳美の里に、いかめしい館を見出して、てっきり長者の家に違いないと思い案内を乞うた。しかし門が固くとざされて、ひっそり、人ごえ一つ聞えなかった。そこで小松は近くの観音堂を宿とし、堂側の松に鈴をかけ、これを鳴らしては大隅長者に逢える日を待ったが、長者はとうとう逢ってくれなかった。

小松は長者の無情をうらみ、世をはかなんで厳美の淵に身を投げた。それから長者の家には、とかく不幸がつづいて、人もない庭の石灯籠に、ひとりで人だまのような青い火がともることもあった。小松が死んだ翌年、長者には一粒種のまだ七つになるいとしの娘子が、同じ淵にはまって、あえなき最期をとげた。村の人々は、小松の亡霊にとられたのだと、専らうわさをした。長者は淵のほとりに地蔵尊をまつって、小松と娘との冥福を祈った。鈴掛観音堂と地蔵尊とが、今も昔の物語を伝えている。

陸奥長者〔岩手県〕

岩手県東磐井郡の中央にそびえる室根山は郡中第一の雄峰、ここに祭る室根山神社は、祭神が五穀の守り神、一郡の鎮守として知られる。そして山の麓の北沢口、祓川には、陸奥長者の屋敷跡ということで、荒れた広野のあちこちに、礎石ばかりが散点しているところがある。ここは昔、大原の新山氏という武士のいたところであるが、新山氏が新山城をきずいてこれに移ると、その家臣宮沢源左衛門というものに、この祓川の地を与えた。宮沢氏は後に帰農し、専ら耕作に力をつくし、次第に附近の地を開いて産を成し、また金山をも開発して、農閑の折には金をとるなど、その富を加えて遠近に名高く、いかめしい屋敷をかまえて、陸奥長者と称せられるに至った。そして何代目の時であろうか、津軽の野辺地附近に、孝行村があるということを耳にし、その美風にあこがれて、遠路をいとわずこれに赴き、一村こぞって老者をいたわる至孝のさまを目のあたり見た。かくて祓川に帰って来ると、近郷に孝行の名あるもの三百余人を自宅に招き、奥座敷で飲食を供し、褒美、記念の品をとらせたことがあった。

そのゆたかな生活は、いろは四十八棟の倉庫、牛馬四十八頭、下男下女合わせて三百二十人もあったと語り伝えられるが、さしもの長者も、天明の凶作に飢え死ぬ人々にあわれみをかけ、米麦のあらん限りを出してこれをたすけたが、力及ばずして没落した。

註　室根山神山は紀伊の熊野社の分霊、イザナミの神、十一面観音をまつる。幸堂得知の『みちのく長者』(明治二十六年刊、少年文学第二十編）は、この説話を展開したものである。

嘉門長者〔岩手県〕

今の陸中水沢市、佐倉河の満倉一帯が、幅の庄といわれていた昔のこと、ここに高山嘉門という長者が住んでいた。すこぶる慈悲深いたちで、屋敷のうちに立ちならぶ家棟が二十二、倉庫が四十八棟、厩に行けば牛や馬が百八疋、召使いの男女が三百六十人、それはにぎやかな豪勢なことで、長者はその一人々々、牛にも馬にも、情愛をかけていたわりかわいがった。そして凶作などに困る近所の誰彼には、倉の中から米や麦を出して、わけへだてなく施してやったので、高山殿、嘉門様と、誰からでもまるで神の如くに敬われた。

ところが長者の妻はあべこべに、とても慾が深い、邪険な女であつた。下男を使うにも、朝から晩までいささかの休みも与えず追いまわし、夜は長い柱を枕にして並べて寝かせ、未明に柱の端を木の槌でこんこんと打って、それこそたたき起こして働きに出した。また節季の米つきの頃になると、臼の上の方にワラをつるし、振上げた杵の頭でそのワラが軟らかにうたれる仕組みにして、少しの無駄もないように働かせた。夫長者との間に、一子善司坊（ぜんしぼう）が生まれてからは、妻の慾ばりはいよいよひどくなって、はては子供の善司坊さえ邪魔者あつかいにし「子がない人こそ幸福だ」と口ぐせのように人にも語り、自ら手をかけて我が子善司坊を殺そうとするけれど、何しろ三百六十人の召使の目が光って居り、耳が聞いていた。それに善司坊はとてもかわいい、かしこい子で、長者の妻が邪魔ものにすればする程、召使の人々は表から裏から、善司坊をかばって安全にするのであった。

ある日、浜の方から多勢の人々が、肴（さかな）を背負うて行商に来た。それは今でも折々見うけられる、山が海にせまって、田畑の少い気仙地方の漁夫達が、気仙坂や姥石（うばいし）の峠を越えて、北上川沿いの平野に、米と交換にやって来る姿であった。長者は召使の人々に振舞うつもりで、みんなそれを買いとったが、妻はもとより反対であった。肴ばかりか飯もたくさん食いこまれるというので、さんざん悪しざまに夫長者をののしったばかりでなく、魚は自分ひとりでたべようと決心した。そして人人の寝しずまった夜半、ひとり台所に下り立った妻は、試みに一、二尾の魚をあぶってたべて見たが、たまらない美味である。また焼く。みなたべる。やめられなくなって、一度にどっさりあぶる。じりじりとしたたる油が、バーッと焔にかわる。いつしか燃えひろがってそばにある薪にもえうつり、あっという間に火事になってしまった。善司坊は召使に抱かれて避難したけれど、嘉門長者はあわれにも、その広大な屋敷もろとも、一片の灰になってしまった。

一方長者の妻は、ひどくのどがかわいて来た。はじめは火事のせいだと思ったが、いくら水を呑んでもかわきがとまらない。カメの水も呑みほした。井戸の水も呑んでしまった。近所の泉の水を呑もうと思った時、水鏡にうつった自分の額には角が生え、恐ろしい形相にかわっていた。そこで人々に見られるのを恥じ、止々井(とどい)の大堤(おおづつみ)に身をかくして大蛇となり、時々村に出て来ては、人をさらい馬をとり、そこここと荒しまわって人々を困らせた。時に胆沢の郡司、右兵衛尉義実がこの事を聞き、どうにかして人々の難儀を救おうとし、村々の庄屋どもを集めて評議の結果、強力をもって名ある寝牛の冠者を大堤にやって、そのようすを探らせることとなった。

寝牛の冠者は甲冑に身を固め、目ざす止々井に行って見ると、なる程底知れぬ大沼に満々たる水をたたえ、風もないのにゆらゆら波立つと思うと、水の上に大蛇があらわれた。青い蛇体にはウロコがきらきら光り、ホオズキのような燃える目、もたげた鎌首の口を開いて、ただ一呑みと冠者の方に近づいた。そこで寝牛の冠者は、刀を抜いて身がまえしながら、少しも恐れる気色なく大音声をあげ、

「大蛇よく聞け、長者の妻として何一つ不足がないのに、慾に目くらみ、人の道にそむくこと、以ての外のふるまいである。今から心を改めて善根に立返らば、極楽に往生することもむずかしくはあるまい。それについて望む事あらば、もの申せ」

とよびかけた。すると大蛇はがくりと首をかしげ
「悪事のかぎりを尽くし、人々を苦しめ、とても極楽に参る望みがない。ただ願うこと一つ。今から我を諏訪明神とあがめ、毎年八月十五日、若くて美しい女を一人宛、人身御供にささげるならば、村を荒らし人を害することもとりやめよう」
と答え、水底深く姿をかくした。憂いをたたえて待つ評議の席への寝牛の冠者のしらせは、庄屋達を困惑させた。しかし評議はやはり人身御供をささげて、たびたびの災難から村を守ることにきまった。そしてくじびきで、いけにえの年番を定めることとしたが、最初の番は郡司義実の娘玉与姫（たまよ）に当った。困ったことに姫は郡司の一人娘、神に祈願してやっと授かった申し子だったから、どうしても大蛇の餌食にはやれないので、身代りの娘を求め、あちこちに人買いの使者を送った。

　時に遠江の国、小夜の中山に、小夜姫（さよ）と糸姫という若くて美しい姉妹があった。妹の糸姫は盲目になった継母の子、小夜姫は先妻の子で、二人とも仲よく、父なき後はよく母につかえて、次第におちぶれて行く一家を支えていた。小夜姫時に年が十七、陸奥から人買いが来ていることを耳にして、わが一身をなげうち、母の病をなおし、傾く家運をも立直したい一念から、母と妹とに別れを告げ、はるばる胆沢をさして下向した。そしていよいよ八月十五日、白装束、白鉢巻姿の小夜姫は、白木づくりの台にのせられ、多くの村人に附添われて止々井の大堤に送られた。その途すがら休息、化粧直しをした場所で、姫は日頃信心して来た一寸八分の守本尊薬師如来を、村人にたのんで祭らしめることとし、いよいよ大堤に到着した。

青黒くすんだ水をたたえた大堤、一天俄かにかきくもり、水底に遠雷のとどろくような音が聞えたと思うと、水面がいつものように波立ち、やがてものすごい形相の大蛇があらわれた。しかし小夜姫少しもさわがず、さらさらと珠数(じゅず)爪ぐりながら、一心に経文を読みつづけていた。そしてただ一呑みと、姫にとびかかろうとする大蛇を目がけて、珠数を投げかけると、不思議や大蛇の角がかけ落ち、蛇体が崩れるようにそこに倒れてしまった。村人は大堤のほとりにこれを埋めて塚を築いた。小夜姫は村人の感謝のうちに、いろいろ金品を贈られたけれど、辞退してこれをうけず、ただ大蛇の目玉だけをもらって、遠州の故郷に帰った。そして盲いた母の目を大蛇の目玉でこすって上げると、いつしか開眼、それから母子三人が仲よくくらしたということである。

註1　嘉門長者邸址
　長者の実録ともいうべきものに、『奥州胆沢高山実伝』（南部叢書第九冊所収）という刊行本があるけれど、写本として民間に流布する異本があり、奥浄瑠璃として座頭たちに語られたこともありそうで、実は化粧坂薬師如来縁起物語なのである。嘉門長者の邸址というものが、今は佐倉河満倉にあり、長者の裔流と自称する掃部(かもん)氏の宅地となっている。胆沢城址と相へだつる約一里、地下なお焼米を出す。また長者の碑が上幅にあり「弘長二年七月忌辰、孝子禅司房」など刻している。

註2　止々井の大堤
　止々井は都鳥にかわって部落名となる。堤(つつみ)とは池沼をいう方言、この大堤とは東は根岸から小松崎、佐倉河に至り、西は広野、高岡、北は上葉場、南は下葉場、見分森、化粧（形勢）坂、広岡、四ツ柱まで、胆沢村南都田地内で、四方三十里の池沼だったという。その四ツ柱とは、小夜姫をのせた台をかまえた四本の柱の跡と称し、今は全く水田化している。胆沢郡の式社である止々井神社は、今、前沢町古城にあり、天湯河桁命を祭神とする。

註3　薬師堂

南都田の南下幅化粧坂にある。本尊薬師瑠璃光如来は一尺三寸の座像、外に高さ約一尺の石仏座像、十二神将などを安置する方三間の宝形造の本殿、五間に四間の入母屋造拝殿を附し、両者とも茅葺である。伝によれば天正年中から薬師堂があったのを中絶、所の正明院という山伏が病にかかると、託宣があり、小夜姫信仰の薬師仏が当所擁護の霊仏であると告げられ、慶安庚寅の年堂跡を発掘して一尺の石仏を得た。そこで別当宝性院（天台宗中尊寺末）が、自力で堂舎を再建し本尊を刻成、元禄十一年に至り、日光、月光、十二神将を刻して加えたという。別当宝性院は小野氏、その宅に径一尺鉄製三尊掛仏、厨子入弥陀三尊、大日如来、不動明王、観世音、制多加、金伽羅両童子などの古仏像を安置した須弥壇がある。郡司義実が奉納した義光の太刀というものは伝のみで今はない。毎年陰暦四月八日の縁日には、随分遠方からまで参拝の老若男女をひきつける。文化十三年三月、古版より再版したという奥州仙台見分山縁起、明和四年三月の奥州伊沢郡南下幅村潟岸薬師如来縁起之略（陰刻）など、参拝者にわけたらしい一枚刷の縁起が、昔からの繁昌ぶりを物語っている。

註4　角塚

南都田の都鳥字塚田にあり、一に塚の山、蛇塚、蚊塚、長者塚など呼ばれ、大堤の汀に大蛇の屍を埋めた所とも、角を埋めた所ともいい、嘉門長者伝説に附会せられる。南北三七米、東西二六米、高さ七米、基底面積七〇九平方米、三方が水田で、北の一方は水路を隔てて県道に接している。大正四年十月、高圧線架設の時、一角から埴輪円筒破片を出し、水沢市駒形神社に奉納、大正十年頃、県道工事の折にも、埴輪の出土が伝えられ、昭和二十四年診療所建設の際にも、土をとり埴輪を発掘している。尚古図録に載する所の蝮塚出土の蕨手刀は、全長四一・五糎、柄の長さ一に対し刀身の長さ二・五で、蕨手刀中、古式のものとせられる。塚の形式については、前方後円墳（岩手県郷土誌）ヒサゴ形墳（胆沢郡誌）二重円墳（東北大学小野氏）など称せられ、埴輪を伴う古墳としての最北限とせられる。塚の西方約五百米をへだて、二本木という辺は、式社止々井神社の跡と称せられ、タテ穴住居遺跡から、土師器十箇ばかりが一列に並んで発掘せられたことがある。止々井神社は鳥取角凝魂（トトリツヌクイタマ）神の孫天湯河桁命を祭るもので、止々井、都鳥、鳥取は、みな同一語と考えられるから、ここに原住した開拓民即ち鳥取部がその祖先を祭り、角塚の主は、そのある時代の有力者でありはしなかったかと考えられる。一説に大蛇の角は、飛んで東の方北上川を越え、落ちた所が今の江刺町玉里の角懸（ツノカケ）だったとも言われている。

註5　小夜姫関係の遺跡

岩代の郡山市には、小夜姫が蛇骨にほりつけた蛇骨地蔵尊を、姫の木像と共に祭るお寺があるとのことで、陸前遠田郡休塚には小夜姫塚、栗原郡小野村には姫の化粧清水、宮城郡岩切村には化粧坂、鏡の池などがあり、仙台市北五番町の衣紋坂、西性院の腰掛石なども、小夜姫にゆかりをもつものと伝えられる。

註6　別伝の掃部長者

同じ陸中岩手郡の雫石にも掃部長者というものがあり、北浦稲荷社というのがその氏神であったと伝えられる。ある時胆沢の掃部長者が、雫石に遊びに来たので、雫石の掃部長者はこれを北浦稲荷の側に案内し、北田表（北方のタンボ）から千刈田表（地名、千刈田とは千束の稲を刈取る広いタンボの意）を自慢して見せた。すると胆沢の長者は「おれの家の苗代位だ」と鼻であしらったので、雫石の長者は恥をかいたということである。長者は後に破産して、石上（亀）屋または石山屋とよばれた酒つくりの重左衛門が、北浦稲荷社の別当さんをつとめることになった。

道徳長者〔岩手県〕

昔、陸中江刺郡倉沢の里に、道徳という若者があった。その父は大和国の人、藤原治郎四郎兵衛といい、無実の罪で陸奥のはてに流され、倉沢の里におちついて、開拓をしながら細々とくらしを立てていた。道徳は十余才の時両親を失い、気の毒な程落ちぶれたが、ある日薪をとって、山路をとぼとぼ帰って来ると、山かげのどこかで

「ドウトク、ドウトク」

と呼ぶ声がした。気をつけてあたりを見まわすと、金色の鳥がいて

「私をおんぶしてお前の家までつれておいで」

というのである。道徳はいわれるままに家につれ帰ったが、その晩ふしぎな夢を見た。それは翁があらわれて、金色の鳥は宝の鳥だから、大切に育てるようにと言われて目がさめた。

それから金色の鳥は、米一粒を与える毎に、金の小粒一つずつ生んだ。そしてだんだんにたまって、道徳は金持ちになった。田も畑もふえた。米、豆も豊かになった。国見山の西谷に屋敷もひろくかまえられ、下女下男も多くつかって、道徳長者とよばれるようになつた。

しかし道徳の息子で、その後をつぐはずの兄、太郎はまじめに仕事をするのをきらい、サンゴ嶽の岩屋にこもり、人を困らせる悪事をはたらいて、荒藤太とか鬼藤太とか呼ばれ、世間からの嫌われ者となった。弟の美濃次郎は、広瀬川の淵に落ちて盲目となり、間もなく死んでしまった。養う人もなくて金色の鳥も、どこかへ姿をかくしてしまった。

山おり長者〔岩手県〕

どこにでもよくある山居（さんきょ）という地名が岩手県江刺町藤里にもある。そして村人が山居堤と称しているそこにある大きい用水池が、もとは山おり長者の屋敷跡だったという。池のかたわらにある糠の森という小高い岡が、長者がもみ糠を捨てたところである。

山おり長者にはかわいい一人娘があった。山里に生まれて、何一つ不足もなく育てられたが、嫁になる年頃になって、この山里には娘の気に入りそうなムコが見つからなかった。そこで長者もいろいろ思案したあげく、今なら懸賞つぎで、よいムコを探すことになった。長者は竹でワクやら骨やらをつくらせ、それに紙をはりつけて、大きな岩のように見せかけ、これを屋敷のニワ（土間）に据えさせた。それはどう見ても、ほんとうの大岩としか見えない程、巧みにつくられたものだった。そうした上で、村の辻に札を立て、この大岩を手でとりのけたものを、ムコに迎えるという広告をしたものである。

山の中の家ではあったけれど、このことを伝え聞いて

「我れこそは長者のムコがねに………」

という大望を抱いて、長者の屋敷に、それはそれは沢山の若者が、押すな押すなとおしかけて来た。けれども何しろニワ一ぱいの大きい岩である。すっかり度胆(どぎも)を抜かれ誰一人これを動かして見ようともせずに、首をかしげて溜息をつくばかり、すごすごと帰って行った。

ある日のこと、見るからにたくましい、たのもしそうな若者が、長者の家をたずねて来た。しかしやっぱりあまりに大きな岩なので、ちょっと縁に腰かけて何か考えこんでいたが、その時ふとどこからともなく、かすかに子守歌が聞えて来た。

ネンネコ、コンボコ、この石は

重いと見せてもハリカだよ

耳をそばだてて、じっと聞入った若者は、すっくと立ち上った。そして

「エーイ」

とかけ声勇ましく、大岩に手をかけると、忽ちぐらぐらと動いて、やすやすと取除けられた。

それで若者は約束通り、長者のムコに迎えられた。歌の主は長者の娘であった。若者が来る度に、娘は戸のすき間から、こっそりのぞいていたが、この若者の男らしい姿を見て、娘はそれをムコにしたい心から、戸のかげで、若者に聞えよがしに子守歌を歌ったのであった。

註　山居（サンキョ）は、家族の一部が分家して遠い原野に入植した所をいう（柳田国男氏地名の話）。

糠の森、糠塚、糠塚の神は各地にある。菅江真澄は、羽後雄勝郡糠塚村のことから、「いづこにも〳〵此名多し。考に蝦夷婦（メノコ）酒を醸すとて簸したる糠をおのが家の軒近く堆おきて、木幣さしつかねて是を神と去ひて朝夕礼しぬ、されば蝦夷の居る処にはいづれにも糠堆あり、また糠盛といへる処も同じ〔倭漢三才図会に曰く、和泉国泉南郡の礼拝（ヌカ）塚在二春木村一未レ詳二何人塚一、相伝昔塚前往来人礼拝而過、俗謂二礼拝塚一、至レ今落馬人多矣、有二神霊一不レ可レ疑といへり、これ糠塚の出羽陸奥ならでいにしへ風俗の残りし国もあるべし、そをしらで額附く事にいへるはかたはらいたきここちせり〕」と解し、蝦夷系のものとしている（雪出羽路）。

方言にコンボコは子オボコの意で、オボコは子どもをいう。ハリカは張抜き、張子の謂である。

新山長者〔岩手県〕

慶長頃のこと、岩手県江刺町藤里の横瀬部落に、新山長者とも新山の大庄屋とも言われた分限者があった。もとはどこかの武家の出身で、流れ来ってここに土着帰農し、新山社を氏神にまつり、しつけ、作法もゆきとどき、ことばづかい、応待など、田舎にはめずらしく法にかない立派であったから、近郷に評判が高い名家であった。

新山長者には一つの道楽があった。それは酒でもなければ女でもない。名家の書画、遠方の珍器などを集めることで、よいものでありさえすれば、価の高いのを厭わずに買い求めた。そして数々の宝器のうちでも、特に伊勢参宮の折、花の都で求めて来たという南京焼の菊形の深皿十枚が、最も高価でもあり誇りとする家宝でもあった。すなわちへりを二十四弁に刻んだ菊花模様のものと、白一色に蝶一羽を浮かしたものと、径四寸七、八分位の皿五対であった。その頃京都でなければ手に入れにくい唐土伝来ものであった関係もある。苦心してはるばるもち帰ったということもあるが、何しろ田舎では見ることもできないものというわけで、長者がこれを愛重することは想像以上であり、はじめ自分以外には、誰にも手を触れさせなかった程であった。

　それから何年かたった時、代官が村々を巡視することになり、はしなくも長者の屋敷が、代官の一夜の宿をすることになった。長者はこれをもてなすために、何彼と心をくだいたが、最も誇りとする南京焼の皿をつかって山海の珍味をそろえ、また残り全部をとり出して代官に見せたので、すこぶる代官の満足を買い、いろいろ代官からも賞美せられた。その頃、長者に使われていた男、女が数十人にも及んだが、こういう大切な珍客の接待役は、いつもオセンのうけもちであった。オセンは心ばえが正しく、働き達者で、表裏がなかったので、長者の覚えがめでたく、殆ど家族同様にあしらわれ、奥向きのことは一切任せられていたので、代官応接の仕事もオセンが主役であつたことはいうまでもない。

　ところが好事は魔が多いもので、オセンの人となりをまねようとするよりは、これをうらやみ、そねみ、おとしいれようとし、いつか折があったら、オセンを困らせ、あわよくばこれを追出し、自分がその後役にすわりたいと願っているものがあった。そういうたくらみなどのあろうとは、神ならぬ身のオセンには夢にもわかろうはずがなく、南京焼の出し入れが、主人の長者からいいつかったので、喜んでこれをひきうけ、代官の応接も事なくすんでホッとした。しかし間もなく奥の方から、いつもとはちがった調子の、とげとげしい長者の声が聞えて来た。オセンに例の南京焼を持参せよとの命である。洗いすすいで箱に納めたまま、奥座敷にはこんだのを、長者はあらためて自らしらべて見た。いつもの相好くずしたにこにこ顔が、見る見るうちにけわしくかわった。皿が一枚なくなっていたのである。たしかに十枚納めて置いたオセンは、それでも手落ちがあったのかも知れないと思って、そこことしらべて見たが見当らない。血眼になってさがして見るけれど、影も形も見えない。一家総がかり、大さわぎでたずねたが、更に行方が知れない。それもそのはずで、オセンをそねむ朋輩が、こっそり池の底に沈めて、そしらぬ顔でひそかにほくそ笑んでいたのである。

オセンは長者の前に、ありのままを告げて暫しの猶予を請うたが、なかなかきき入れられない。割ったに違いないから、かけらだけでももって来いとの厳命である。オセンにとっては何の覚えもないことだから、ただ泣くより外になすすべもない。長者はいら立ってはげしく責める。こうなると言いわけすればする程疑われる。言うこともないオセンは、だまって泣く。ついに白状しない、見かけによらぬ図太(ずぶと)い女めと、荒縄でこれをしばり上げて、奥庭の松の木につないでしまった。やがて日が暮れて、野良にはたらく下人たちも帰って来た。オセンが松の木にしばられていることを聞いても、見ぬ振り、聞かぬふりで誰も救おうとするものがない。オセンが常々長者から可愛がられるのをいまいましく思うか、それとも長者の意にさからって、いよいよとましくせられるのをいやがる人々が多かったからである。長者もいくら責めてもオセンの答えがなかったので、そのままにほおって置いた。

夕食もすんで夜が来た。奥庭からのすすり泣ぎが聞えて来る。垣根ごしに忍びこんだ老僕がある。オセンとは親子位の年輩、かねがねオセンの奉公ぶりに感心していたので、縄をほどいてやり、事の始終がわかるまで、短気を起さず、何方なりと暫し身をひそめ、時を待つようにねんごろに言いふくめて、門外に逃がしてやった。しかしオセンは正直一路な女である。よこ

しまな朋輩が、自分をおとしいれようとするたくらみなどを知る由もない。盗まれた皿は返るまい。従って長者の怒りが解ける時もあるまい。自分のきよらかな心のあかしを立てるためには、一死もって申し開きをする外なしと、けなげにも自殺の決心をしてしまった。

長者の屋敷から四、五町へだてて、寺の沢川の流れに、新山滝があった。昼でもくらいまでに杉木立にかこまれ、さびしく、うす気味わるい思いが身にしむ宵やみ、滝の音が普通なら近づくことを恐れさせるのに、無実の罪に死を決したオセンには、むしろ誘われ、みちびかれる思いである。滝つぼ近くにたどりついては見たものの、つきないおもいが胸をかけめぐる。家のこと、老母のこと、幼い時になくなった父のこと、長者の屋敷に奉公にあがった時のこと、幸福に過ぎ去った年月、それに今度のできごと、涙はとめどもなく流れた。小石をひろっては、両のたもとに入れたが、かぞえまいと思っても、一つ、二つ……………九つ、次第に胸がかきむしられる。月と星とが見ている空の下、杉木立からは夢驚かされてかチ、チと鳥の声が聞えて来る。かくて意を決したオセンは、十九才を一期として、滝の水泡と消え去った。

長者の屋敷には朝が来た。一たんの怒りからオセンをきびしくせっかんしたものの、長者はもとよりなさけを知る人、むしろ自分がオセンをしばったことをくやんで、目ざめるが早いか奥庭に行って見た。しかしそこには許そうと思ったオセンの姿が見えないで、縄だけが松の木にからみついている。妻でもほどいたものと思って、はじめ気にとめなかったが、実はそうでないことがわかり、実家に人をやってたずねて見たが、帰った形跡もなかった。どこかへ逃亡したろうということで、一まずさがすことも打切った。四、五日はそのままに過ぎたところ、誰いうとなく新山滝の淵で、毎晩、ものをかぞえるあわれな女の声がしたかと思うと、やがてしくしく泣く声がする。そして杉木立の上には、ボーッと人魂の火がともる。何でもオセンの亡霊らしいという噂が立った。それが長者の耳にもはいったので、下男たち一同とともに、淵をさがすと、やはりオセンの屍があがって来た。そこでこれを埋めて、ねんごろに供養したけれど、泣き声と亡霊とはやまなかった。下男たちは恐ろしさのあまり、一人去り二人去り、長者の田、畑は次第に荒れた。小作人にまでオセンがたたるというので、小作地も返された。こうして新山長者は年々衰えて行った。

　それから数十年、あばら屋におちぶれた長者の家に、ある日山伏がたずねて来た。そして長者のたのみにより、いろいろと祈りをしたあげく、祖先同様に祭れば、オセンのたたりもやむというので、長者は観音像をつくって、オセンの命日毎に祭ることとしたが、ふしぎにもこの観音像の開眼の夜から、泣き声も聞えず、亡霊もあらわれなくなった。長者も再びもとの栄えをとりもどしたが、明治末期に没落してしまって、観音像はその旦那寺である円通寺に奉安せられ、オセン観音として毎年四月十七日にまつられている。オセンの入水した所は、今もオセンガ淵と称せられ、時にしのび泣きの声だけは、聞えることがあるということである。

註　オセンという悲劇の女性は筑後にもある。久留米市御井町が府中と称して、筑後一国の中心であった時代に、オセンはそこの大長者に仕えた下女であった。ある日、急ぎの用事のあまりに、主人長者の下駄をはいたのを見とがめられ、さんざんにしかられ責められた上、その下駄をはいたまま足を釘づけにせられた。どうわびても許されなかったオセンは、悲しみのあまり這うて神代川（くましろ）に到り身を投げて死んだ。屍は間もなく見つけられ、手あつく葬むってオセン塚が築かれたけれど、そのナキガラを一見したオセンの母は、七世七代の後までもタタリをなせとのろうて、これも間もなくなくなった。その後オセンの霊はタタリをなし、長者の家は絶えてしまった。そして長者とは別段ゆかりがないけれど、この屋敷跡に家をかまえた金子という家にも、何人となく病人が出て、一家はまさに絶えようとした。病気はきまりきって、チヨウマンという腹の膨大するものであった。それですすめる人の言に従い、オセン観音像をつくり、その腹にオセンの像を刻み込み、町の宝蔵寺（今廃寺）にまつってから、オセンの霊も鎮まったものか、そのタタリが聞えなくなった。

　私の曾遊の地、広島県佐伯郡水内にもオセン塚というものがあった。何かの物語があると思いながら聞きもらした。

百疋塚長者〔岩手県〕

　今は陸前高田市になった気仙の長部に、百疋塚というものがある。かつてここに貧しい兄と、長者の弟が住んでいた。兄は正直ものでよくはたらいたが、あわれな人に恵んでやったり、心のよくないものにだまされてかたりとられたりして、年中貧しくくらしていた。ある年の末に、越年や正月のしたくもできなかったので、妻にすすめられるまま、長者の弟の家に金を借りに行った。弟は腹ぐろい、慾のふかいたちで、牛や馬を九十九疋ももっていながら、更にこれを百疋にしたいと思っていたやさきである。貧乏な兄の家に、やせ牛が一疋いることを知っているので、人のよい兄に金を貸して、この牛を自分のものにしようと考えた。

「兄ツア、兄ツア、金は貸してやるから、牛をあずけらせ。」

　こう言って兄に牛をつれて来させて、いささかの金を貸した。お人よしの兄は、弟の望む如く、牛をあずけて借金はしたものの、あまりの仕打ちに腹が立った。借りた金もわずかばかりで、年越しの米を買うと、宵を越しての元日には、餅をついて神さまにそなえることもできなかった。いたし方がないから、元日には妻と二人で、いろりにどんどんたき火をして、神さまをおがむことにした。枯れた柴、かわいたワラビのホタ、ささ竹など、火は勢いよくもえたが、たまたまドンとはぜた火の子が、弟の家にとんで行って火事になった。弟はまる焼けになって、慾ばって集めた牛馬も、焼け死んでしまった。その焼けた牛馬を埋めてきずいたのが百疋塚である。

あるいは兄がうらんで、夜ひそかに弟の家に火をつけたともいうが、事実ではあるまい。

くずれの長者〔岩手県〕

岩手県和賀郡土沢（つちざわ）の盆地は、昔、大きい沼の底だったという平野で、その東から西へ、猿カ石川が流れている。この盆地の十二鏑前郷（じゅうにかまえごう）に、廿木（はたぼく）の分家で西家とよばれる屋敷名の分限者があった。その庭先から猿カ石川をへだてて、出（いで）ガ森（もり）というこんもりしげった森が見えた。家のあるじが、毎朝これをながめては、「あの森がくずれても、うちの財産は崩れぬわい」と豪語したので、村の人々は、崩れぬ長者といわねばならないのを、なまってくずれの長者と呼んだ。今はくずれてしまって、その家も子孫も伝わらない。

同じ土沢盆地の東晴山（ひがしはれやま）にも、大篠（おおざさ）家という分限者があった。白芦毛の駒を生き埋めにすれば、望みどおりに富貴になれるけれど、そのたたりにより、二代とはつづかないということを聞いて、一代でもよいから長者になりたいという話をしたと伝えられるので、そういう無理なことをして、長者になったものであろう。この長者は、自分の屋敷から当楽（あてらく）山を望見しては、「あの山が崩れることあるとも、わが家のくずれることはない」と、その富をほこった。しかしこの長者も、早くくずれてしまって、今は跡も形もない。どちらも猿カ石川の洪水で、その美田が流され、荒れはててしまったためであった。

同じ岩手県和賀郡東和町の小山田に、岩本家という分限者があった。その家の主人は、毎朝目をさますと、南縁に出て、程近いカンジヤマ（金沢山）を望見しては

「あの山がくずれても、わが家の富がくずれることはない」

とうそぶいたものであった。それで村人は、くずれの（ぬ）長者とよんで、その勢いをたたえもし、うらやみもした。しかし嘉永四年に南部藩から欠所（けっしょ）になり、所払い（ところばらい）を仰せつかって、さしもの長者も没落してしまった。今はその子孫もわからない。欠所というのは、土地や家屋など、財産をすべてとり上げることで、所払いとは、小山田から追放することであるが、なぜそうした罪をうけたのか詳かでない。

武日長者〔岩手県〕

成住（なるし）屋敷というのは、昔、武日長者の住んでいたところで、今の陸前高田市高田にある。長者がもみ糠を捨てたという糠の森や、また時々その田や畑を見まわっては、腰をおろして休んだという畳石という大石など、昔栄えた長者の物語を伝えている。

時は都が京都にうつされてから間もない、嵯峨天皇の御代のことである。この陸奥の片田舎、武日長者の家に、母もろともに売られて来た一若（いちわか）という若い男があった。そして朝から晩まで、まめまめしく働くので、誰からでも一若、一若とかわいがられていた。まことこうして土にま

み れ塵によごれているけれど、どことなく上品で、気立てもやさしかったので、長者もだんだん重くとり立て、後には自分の側近く召使うようになった。

ある年のこと、まだ草深い高田の里に、見たこともない巡礼姿の六十六部が、チーン、チーンとかねをたたきながらまわって来た。そしてその歌に

若し一若がいるなれば

何しにこのカネたたこうぞ

というのであったが、聞きなれない村の人々には、ただふしぎな者がめぐって来たと思うばかりであった。やがて巡礼がたどたどしい足どりで、成住屋敷の長者の門まで来た時、一若はこれこそかねて母から聞いている、まだ見ぬ父に違いない、故もなく自分の名を呼ぶ筈がないと思った。そこで門まで走り出て、大きな声で

「五条さま、昭広(あきひろ)さま」

とよびかけて見た。六十六部は思いがけなくわが名を呼ばれたので、一度はびっくりしたが、一若の顔をつくづく見つめながら

「そなたこそ、たずねたずねた一若だネ」

と、一若の手をとって抱きよせた。

この六十六部の巡礼こそは、もと宮仕えをして五条民部卿とよばれた菅原昭広という公卿さんの、かわりはてた姿であった。昭広はまだ年が若くて重い役についたので、それをねたむ人々からはかられて、役をやめさせられ、相模の国に流された。そして都からはるばる下って

来て、村松三郎重家という者の宅におちついた。ついで重家の一人娘を妻とし、その間に生まれたのが一若であった。ところが一若がまだ母の懐に抱かれて、紅葉のようないたいけな手で、乳房をにぎることしか知らなかった可愛ざかりなある日、父昭広がゆるされて都に帰ることになった。そして一若は母とともに、祖父重家のもとにとどまり、都から迎えの使者が下るのを待つこととなった。

ところが重家の親族に、曾我四郎助正という勢の強い武士があった。かねて一若の母を妻に迎えたいと思い、重家に相談して見たけれど、一人娘の故をもってことわられたので、大いにこれをうらんでいた。それで昭広が都に帰ったのに乗じ、部下をひきいて重家の屋敷に攻寄せ、一若の母を横どりしようとした。何分不意のことで、重家には少しも備えがなかったから、防ぐすべもなく屋敷に火をかけ、その中にとび込んで自殺して果てた。一若母子はかかる大さわぎの間に、こっそり家を抜け出て、父おわす都へと志したが、何しろかよわい女の足で、やっと駿河に出で、渡舟にのり川を渡ろうとした。その船頭がまた悪者で、こういう女や子供を船にのせては、海にこぎ出して遠い国の港に運び、そこで人買いの手に売りとばして、金もうけをしている仲間であった。一若はこうして転々売られて、武日長者の成住屋敷に来り、母もろともに召使として仕えることになったのである。

それとも知らぬ昭広は、使者を相模に下して、一若とその母とを迎えとろうとしたけれど、空しく帰京して、重家一家が滅び、母子の行方もわからぬことを知らせた。がっかりした昭広は、それから巡礼に姿をかえ、一若母子をたずね、はるばる奥の細道をたどり、こうして武日長者のところで、探しあてたのであった。

今の宮城県気仙沼市の九条というところにある羽黒権現の社は、尋ねあぐんで昭広が、祈願をこめて参籠した所（一に子昭次の夫人玉姫の念持仏聖観音をまつり、昭次の創建ともいう）で、一若母子は昭広につれられて上京、名も昭次と改め、やはり宮仕えをして高い位にのぼった。

註　武日長者は用明天皇の頃の人ともいう。娘を二人もっていたが、美しい姉の朝日姫が采女に挙げられ、京都に上る途中、宮城県栗原郡沢辺で病歿した。妹夕日姫が悲しみに堪えず、その墓上に一株の松を栽えた。これが名高い姉歯の松である。

稲子沢の長者〔岩手県〕

その一

岩手県気仙郡猪川（今大船渡市）に、稲子沢観音が祭られている。これは東山天皇の正徳元年、稲子沢長者と言われた鈴木与治右衛門が、弟の七兵衛と両人で建立安置したものである。与治右衛門は、りちぎな百姓で、可愛いい小馬を養って、ハイ、ハイ、ドウ、ドウと、毎日ひき出しては山に木をきりに行ったり、畑に麦を刈りに行ったりした。その上、仕事のひまな時にはこの小馬をひいて、遠くの町まで荷を運ぶ駄賃とりを業とした。そしてこんな時には、おいしいマグサをどっさりたべさせて小馬をねぎらい、これを喜ばせ、いたわってやった。

ある年の正月、元日の初夢に、与治右衛門はふしぎな夢を見た。それは恰もサンタクロオスかと思われる顔の赤い白髪のお爺さんがあらわれて
「もし、もし、与治右衛門や。お前さんに知らせて上げたいことがある。これから山を越えて、大きな川を渡り、野原をずっと行くと、三十三の白い花を咲かせた一本の百合がある。それを探して根本を掘ってごらんよ。その根に宝物が埋まっている。それをお前さんに上げるんだよ」
というのであった。目をさました与治右衛門は、びっしょり汗をかいていた。しかしこの夢はきっとマサ夢にちがいない。どうにかして不思議な白百合を探し出して、宝ものを見つけたいものだと思った。稲子沢は東に行っても海、南に行っても海、北の方も海、ただ西の方に種山という高い山がそびえていた。それで与治右衛門は小馬をひいてこの山を越え、パカパカ、パカパカ、足音高く旅に出かけた。
長い峠道を下ると、人首（ひとかべ）という村に着いた。与治衛門はここで栗の沢山はいった御飯をいただきながら、こんな話を聞かせてもらった。昔この村の百姓たちが伊勢参宮をした折、何処からか栗粒一つを拾って来て、それを庭さきに種まきした。草をとり、コヤシをかけて一生懸命耕したので、どんどん大木のように成長した。ハシゴをかけなければ、実をとり入れることもできない、太く高い栗ガラになった。それで木登りの上手な木コリを頼んで、栗の穂をとり入れることとなり、木コリはナタやノコギリをもって、エッチラ、オッチラ、ハシゴをのぼり、栗ガラをたわめて穂を切取ろうとした。ところが太い栗ガラのこととて、切れずにはね返され、

木コリは天までとばされ、雲の中に入ってしまった。だから木コリには下界のことが何も見えなくなって、父母のこと、妻子のこと、いろいろと心配になった。何とかして下界をのぞいて見たいものと思い、雲をかき分け、かき分け、やっと割目が見つかった途端、いきなり雲が割れて、どっさり落ちてしまった。丁度その時新しい家をたて、壁をぬるところに落ちて来て、壁の中にぬり込められてしまったから、それで村の名をヒトカベ（人壁）と呼ぶこととなり、この村から粟が沢山とれるようになった。

与治右衛門は、こんなところにこそふしぎな百合の花がありそうなものだと、幾日も幾日も小馬をつれて、山や野原を探しまわった。けれどもなかなか見つからなかったので、ガッカリして家に帰ろうと思っていると、ある晩、またお爺さんの夢を見て

「お前さんは、まだ川を渡っていないよ」

と言われ、忘れていた前の夢を思出した。そしてまた西の方へと旅をつづけると、大きな川があった。北上川というのだと聞いた。今まで見たこともない広い平野、矢のように早い水の流れ、びっくりしながら船で渡って、また西に進んだ。草深い野原の末、西根山の頂にはもう雪が降って、あち、こち、刈り残された稲も枯れていた。与右治衛門が小馬をひいて、パカパカ、パカパカ、足早に通るのを見ると、子供たちは

アレアレ通る

みぞろけ沼の孫四郎

小馬ひきひき

パカパカ通る

と手をうちながら、歌うようにはやし立てた。与治右衛門は聞くともなしに耳を傾けて、幼い折に父から聞いた昔話を思い出した。

それは西根の駒ガ嶽のふもと近く、みぞろけ沼で孫四郎という百姓が、宝ものをもらった話であった。沼のほとりに草刈りに行くと、沼の中から美しい女があらわれて

「この手紙をコウノ池までもって行って下さい。沼に行ったら手バタキ（拍手）三べんなさい。主が出て来るから渡して下さい」と一通の手紙を手渡して、路銀として銭サシ一つを与えられた。それはふしぎな銭サシで、どんなに使っても、一銭だけ残して置けば、次の朝起きて見ると、またサシ一ぱい銭が返っていた。ちっとも困らずにコウノ池までもって行って、手紙を渡すことができた。すると池の主からは御礼だと言って、一疋の葦毛の小馬をもらった。大切に育てて行くうちに、この小馬は毎日豆一粒をたべて、ヒヒンといなないたと思うと、お尻から黄金一粒ずつポロリとひり出すので、孫四郎はだんだんお金もちになった。所がなまけ者の兄がこれを聞きつけ、弟から馬を借受け、一度にどっさり黄金をとりたいと思って、豆を沢山たべさせたから、小馬は急に元気づき、大きな馬になって、飛んで駒ガ嶽に登ってしまった。それで毎年春になると、山の雪がとけて、走る駒のような形が山はだに残るのだと言われる。

与治右衛門は、駒ガ嶽の方にこそ、たずねあぐんだふしぎな百合が見つかるかも知れないと思って、パカパカ、パカパカ、小馬と共に西の方に進んだ。広い野原には、人家もあまりなかった。北風が吹きすさみ、みぞれさえ降って来る。いつしか日も暮れて、あたりには灯火も見

えないさびしいところだった。与治右衛門もひどく疲れて来た。

「小馬、小馬、こらえて頂戴ネ。」

そう言って小馬の背に乗った。これまで大切に育てて来た小馬に、与治右衛門は一度も乗ったことがなかった。それを雪降りの悪路に疲れなやんで、つい乗ってしまった。するとどうしたことか、暫く行くと小馬はバッタリ立ちどまった。進みもせず、後にもどりもしなかったので、致し方なしに馬から下りて手綱に手をかけようとした時、小馬の足もとに白いものが見つかった。よく見ると雪ではなくて、それこそたずねたずねた三十三の花を開いたふしぎな白百合であった。

そこは胆沢郡百岡（ももおか）の生城寺館（しょうじょうじだて）という所であった。花の根からは黄金の玉が七つも見つかった。与治右衛門はこうして長者になった。稲子沢では寝手間（ねでま）どりと言って、寝ながらに長者の話相手になって、お金をもらう雇人もあったとのことである。

その二

稲子沢の長者は、畑一枚に粟一本を植えて、一枚分のコヤシをやって、粟の大木をつくり上げた。そして木こりを七人もたのんで、この粟の大木をきり倒させたが、そばで見ていた長者は、あおりを食って吹きとばされ、気仙の稲子沢から、はるか江刺の黒石（今は水沢市）の正法寺の屋根の上に落ちた。

正法寺は奥州曹洞宗の本山、寺が大きく屋根が高い。どしんという物音におどろいた寺の小僧どもが、何事であろうと出でて見れば、見なれぬ人が屋根の上にかかっている。何しろ屋根が高くて、のぼろうにものぼれず、ハシゴをかけようにも一寸間に合わない。そこでキテンのきく一人が、庫裏から大きなフロシキをもち出して来た。そして四人の小僧がそれぞれに四隅をもって、その上にころげ落ちてもらうことにした。長者は合図にしたがって、屋根の上からころげ落ちたが、どしんと落ちたはずみに、隅をにぎってりきんでいた四人の頭が、こちんと鉢合せをして火花が散った。その火花が屋根にとびついて、思いもよらず寺が火事となって焼けてしまった。

話かわってこの正法寺には、文福茶釜という寺宝があった。やはり時々化けては、小僧どもをこわがらせたり、門前をさわがせたりした。そこで寺では、クサリをつけてこの釜をつないであった。そこへ突然のこの火事だったので、クサリをといて放つ暇もなくて、釜をみすみす焼いてしまった。釜はそれから化ける力を失って、クサリでつなぐ必要もなくなり、今は倉庫の隅にころがっているが、ただつながれていないフタだけが、どこかへ逃げてしまって帰らなかったので、今フタナシの釜となり、生命なしのもぬけのカラとなって、あいたままの口が、いつまでもふさがらずにいる。

註　稲子沢の与治右衛門は鈴木氏、重恒と称した。元禄四年、三十六歳の時からめきめき頭角をあらわし、気仙の猪川村の稲子沢に屋敷をかまえ、産を興して近郷に知られた。そして世に稲子沢の長者と称せられる。五十五歳で家を養子重政に譲り、享保十七年六月九日、七十七歳で歿した。重政、充栄を経て、四代祀昭の時極盛で、藩府に金品を献ずること前後四十余回、世に寝手間とりというのは、昼寝て夜は不寝番として警戒に任じ、給金を与えられたからである。仙台藩第一の富をもって天明の頃に至り、その後次第に衰えて今は故宅のみとなった。歴代の墓は今の大船渡市盛町の洞雲寺にある（仙台人名大辞書による）。

気仙は近世流亡の士の潜むという伝がある所で、例えば宇喜多秀家の家臣で、切支丹信者である明石掃部の如き、また小西幸長の子で下有住に隠れ、情を知る伊達政宗から気仙郡大肝入に任ぜられた初名宇部伊右エ門、後の吉田筑後政長の如きこれで、政長の族は大いに栄え、今泉の和泉屋が殊に知られる。稲子沢の鈴木氏も、祖先は日向出身と伝えている。

坪石長者〔岩手県〕

岩手県上閉伊郡綾織村のヤマガに、喜右衛門という駄賃とりがあった。馬一疋がもとで、遠野の町から大迫（おおはざま）まで、毎日荷物を負わせてはこぶのが仕事であった。ある日、大迫からの帰りみち、とっぷり日がくれてしまって、綾織までは帰れなくなった。喜右衛門は馬をいたわりながら、どこかにとめてくれる家がないものかと、とぼとぼとくらくなった道をあるきつづけた。

しばらく行くと、遠い山すその方から、かすかなアカリが見えた。喜右衛門はそれをたよって行って見ると、あばら屋に婆アさまが一人、火をたいていた。

「綾織の喜右衛門というものでござエす。おそくなって困っているで、一晩とめてクナサエ」

とたのむと、婆アさまは

「おら一人で、ろくに食うものもないけんど、よかったらとまんなサエ」

という。喜右衛門はほっとして、馬とともにとめてもらった。

あくる朝起きて庭におりて見ると、喜右衛門には奇妙な形をした石が目についた。灯ろうの

台石みたいで、ぼうぼうとしげった草むらにころがっていた。そこで婆アさまにいわれを聞いたら、婆アさまは
「あれはなア、坪石（つぼいし）ちゅうて、昔は三段にかさなっていた。上の二段がなくなって、わたしの家もおちぶれたんだよ」
と答えてくれた。喜右衛門はその坪石がほしくなって、婆アさまにもらって、馬につけて（負わせて）帰った。それからだんだんくらしがよくなり、喜右衛門は長者になったので、これを坪石長者とよんだ。

註　ツボの石文は、陸奥の歌枕である。同郡土淵村山口にも、善左衛門長者というものがあり、その屋敷にはザシキワラシという怪しい童子がいた。そして長者がおちぶれると、逃げて気仙の稲子沢の長者屋敷にうつってしまった。

沼宮内の長者〔岩手県〕

岩手県岩手郡渋民（今は玉山村）は、情熱の詩人石川啄木が、その故郷として限りなく思慕したところである。渋民の下クラに稲荷社があって、昔、平庄司家次がすんでいたという館につづいている。家次の妻を早苗（さなえ）といったが、夫婦の間には子がなかったので、よそからもらって育てたのが、美しい寄寿（よろず）姫であった。

そのころ今の沼宮内（ぬまくない）附近は、満々と水をたたえた大沼で、その底には大蛇が住んでいた。大蛇の前身は、藤原太夫正次という有徳の長者の妻女であったが、あまりに邪険強慾で、召使いの男女には、ろくろく休むひまも与えないで、つらくこき使ったが、ついに形相が一変して大蛇となった。そして下女、下男はもとより、夫の長者正次までもとり殺して食い、自らは沼に身を沈めて、はては近所の村々にまでアダすることとなった。牛がとられたり、馬や鶏がさらわれたり、子どもがいなくなったりした。そこで大蛇を神に祭り、そのすさんだ怒りをなだめようとしたが、大蛇は神らしい姿となってあらわれ、毎年の祭日に、若い女性を一人ずつ、人身御供（ひとみごくう）にささげるならば、村々を荒らすことはやめようとの託宣（たくせん）であった。

村人たちは困ったが、背に腹はかえられない。託宣どおりに人身御供をささげて、いつまでつづくとも知れぬ禍からのがれようとした。そしていよいよ最初の番をきめる段になり、クジをひき当てたのが、外ならぬ渋民の庄司家次であった。家次は、御供にふさわしい少女を求め、わが家の寄寿姫にかえようとして、人買いの旅に出た。奥州五十四郡はもとより、両毛から常総へ、くまなくさがして見たけれど、身を売る女にめぐり合わず、空しくすごすごと帰国した。そのうち祭りの日は近づく。よんどころなく妻の早苗に言いふくめて、大蛇のえじきとなし、村人たちを難から救おうとした。けれども娘の寄寿姫はこれを聞いて、自分こそそれに当るべきで、もし親から許されねば、沼に身を投げようと、いっかな親のとめるのに耳を傾けない。家次夫妻も涙ながらにこれを許した。

祭りの日、寄寿姫は村の人々に送られ、長い間かわいがられた両親にわかれて、沼におもむいた。そしてかまえられた白木のヤグラにのぼった。やがてなまぐさい一陣の風がさっと吹いて、沼の水面がゆらゆら波立つと見えて、大蛇が姿をあらわした。怒り、にくしみ、うらみなどのこり固まった、あくどく恐ろしい姿である。しかし白衣姿の姫は少しもさわがず、さいぜんから静かに観音経をよんでいた。いよいよただ一呑みと近よる大蛇目がけて、経文をさらりと投げかけた。するとふしぎなことに、大蛇の角がぱらりとこぼれ、もとの妻女の姿にかえった。そして姫に向って手を合わせ、今こそ経文の功徳により、かずかずの迷いをはなれ、浅ましい姿からぬけて、成仏往生がとげられる喜びを告げ、光を放って天にのぼった。その後大蛇の害はやんだが、姫も渋民の館には帰らず、北の方にある御堂におもむいて、観音さまとして祭られた。姫がその館を出ずるの日、別れのしるしにさした柳の枝は、巨木となって生い茂り、池の水はかわいて沼宮内（ぬまくない）という地名を残した。稗貫郡太田の観音、紫波郡見前（みるまい）の観音、二戸（にのへ）郡浄法寺（じょうほうじ）の観音、御堂観音境内の板垣大明神はいずれも姫をまつる御堂観音の兄弟神であると言い伝えられる。

註1　御堂観音

ひえびえと襟をかすめる風は、さすがに高原にたどりついた感を深くする。沼宮内駅から北方約一里、曲り家ではないけれど、馬と人と同居するだだっ広い、そのくせ採光などが殆ど考えられていないワラ屋がつづく村落、赤ちゃけた山畑には、甘藍の移植にせわしい百姓たちがうごめいている。こうした山峡の路傍の斜面に、御堂観音堂が立っている。北上山薪通法寺正覚院というのが正しい名であるが、御堂（ミドウ）とも弓弭（ユハズ）清水の観音とも呼ばれて、方三間の堂をひなびた茅葺にしている風情は、同じく観世音を本尊とし、大悲閣でありながらも、奈良の二月堂や三月堂などとは、全くちがった趣をあらわしている。

本尊観世音は、前九年の役に安倍氏を討った源義家が、モトドリの中に納め下した河内壺井の通法寺のものを、戦勝の後ここに安置したと称せられ、民話にいうヨロズ（寄寿）姫とは、別な伝えになっている。中世南部氏の手に収められて今その像がないけれど、金銅仏であったとのことで、或は賊にかすめられて行方を失ったこともあるらしい。陸前の各地にある名高い観音堂はもとより、陸中でも閉伊郡黒森観音や、稗貫郡太田の清水観音など、いずれも坂上田村麻呂の建立とし、八幡社の多くを源頼義・義家父子の勧請として、体よく分業としているのに、胆沢城鎮守の八幡社が田村麻呂、御堂観音が源氏と、ここではむしろさかさまになっている。つまり堂側の清泉が、渇になやむ将兵のため、祈念をこらした源頼義の手により、弓弭をもって穿った岩角から涌き出たもので、今に至るまで流れて尽くるを知らず、北上川の源になっているからである。これも陸奥合戦記に『将軍下レ馬、遙ニ拝皇城一誓曰、昔漢徳未レ衰、飛泉忽応ニ校尉之節一、今天威独新、大風可レ助ニ老臣之忠一、伏乞八幡三所、吹レ火焼ニ亡彼柵一、則自把ニ火、称ニ神火一投レ之』という厨川攻めの記事の対句の前半の文飾をもじっての、前太平記の作為にもとづくものらしい。しかし水はすんで冷たい。

暗い内陣の隅に、義家の陣釜というものが遺っている。径二尺五寸、厚さ三寸位の古風なもので、兵をねぎらって粮を煮たものかも知れないが、まるで釣鐘をさかさまにした恰好である。恐らくは凶作に飢えた人々のため、カユでも煮たものであろう。読経の声がやんで、遠方から来たらしい参拝の善男善女が、病む人のことをいろいろと護持僧にたずねているのが好奇心をひく。慈覚大師などによって弘められた台密の流れが、平安の頃そのままに、この山間には残っているのである。

ここから迎えられて軽井沢まで約一里、奥中山開拓の先駆者佐藤佐市郎翁の東道をうけて、その昔語りを聞いたことも、忘れ難い一くさりである。雲の低い高原には、とる人もないワラビがもえ出ている。そういえば

わたしゃ外山の日かげのワラビ
誰も折らぬでホタとなる

と謡われる。外山につづく高原なのである（昭和二五・六・一）。

註2　観音巡拝

いわゆる三十三所の観音霊場を巡拝する風は、和賀・稗貫地方一円、盛岡市中心のものまでたどられる。それが岩手郡になると七観音詣でとなって、近所の観音祠堂七所を巡拝した。特に雫石地方では、毎年四月十七日、早朝から七観音詣でが行われたものだったが、今は多くすたれてしまった。

註3　この説話は、胆沢郡の嘉門長者と殆ど同じ型のものであるが、今は岩手町となった沼宮内の地に、蛇体をまつったと伝える小さい社がある。大安良（オォアラ）神社といい、実は尾腹の転、大蛇を埋めて、その上に石をのせ、この石を神体とする。この説話型のもので、所を定めず雪姫の物語としているものも岩手県にはある。

山田の長者〔岩手県〕

昔、奈良の都に聖武天皇がおわした頃、岩手県二戸郡御返地（ごへんち）の山田という所に長者があった。蚕を沢山かって、毎年マユ三石三斗ずつをミカドにさし上げ、それで長者になったということである。ところがその頃、甲斐、信濃の国の役人をしていた一条兵衛佐頼家という人が、罪を得て流しものとなり、この山田の里から程遠からぬ浄法寺という所に下って来て、長い旅路の疲れも出て、ひどく弱ってしまった。頼家には七番目の子に松若丸というものがあった。父が遠い陸奥の国で弱っていることを聞いて、いたく心配のあまり、数々のつらい目に逢いながら、はるばる父をたずねて浄法寺に下り、父を慰めながらひたすらそのゆるしの出る日を待った。頼家は間もなく罪を許されて、都に帰ることとなったが、路用のお金がなかったので、山田の長者に相談すると、長者は沢山の砂金をハナムケに送り、松若丸は長者の手もとで育てることにし、頼家のためににぎやかな送別の会を催した。

長者の館にひきとられた松若丸は、見るからにたくましい美男子に成人した。いつしか長者の妻がこれに思いを寄せて、さまざまに手くだを尽くし、松若丸に言寄ったけれど、松若丸は少しも耳を傾けなかった。そこで長者の妻は大いに腹を立て、松若丸を下男の仲間に追いやり、いろいろとつらく当った。即ち昼は十三疋の馬をひかせて山にやり、草を刈り薪をとらせ、帰って来れば夜は夜で、縄を千尋ずつなわせるなど、目にあまるむごい使い方をしたので、長者は

「こんな愚かな、情知らぬ者を妻にして置くわけにはいかない」

と離別して実家に送り返した。妻はいよいよ怒りに燃え、夫をのろい松若丸をうらみ、狂いに狂って、浄法寺の滝見橋から身をおどらせて川にとび込み、あさましく姿をかえて蛇体となり、淵の底深く身を沈めてしまった。

山田の長者は五日市という村から、二度目の妻を迎えることとなったが、淵に住む蛇はその祝儀を妨げようと、滝見橋を渡る嫁入の行列を、いろいろと邪魔して見たけれども、一向にききめがなく、すごすごと淵にかくれてしまった。しかしそれからも時折、村には思いがけない災害が起ることがあって、人々はそれを淵の蛇のせいだとばかり思った。

松若丸はこうしたさわぎをよそに、こっそり奈良の都にのぼった。そして御寺に入って熱心

に仏の道をきわめ、名も天正坊と改め、立派な僧となった。それから二度、はるばると陸奥に下り、浄法寺村の天台寺に観音堂を建てた。山田の長者は多くの財を寄進し、心力をつくしてその工をたすけ、観音さまの御力で蛇を淵の中に封じ込めた。村々にはもとの平和がよみがえった。天正坊は仏さまのように敬い慕われて、その名も竜化観音と呼ばれたといい伝えられる。

註　この物語は天台寺の成立に因縁をもつものであるが、同巧異曲なものが高僧の霊験、法力を説くものとして、宮城県宮城郡七北田の蓮葉山円通寺についても語り伝えられる。

吉里吉里の善兵衛〔岩手県〕

その一

岩手県上閉伊郡大槌浜の吉里吉里に、善兵衛という百姓さんがあった。朝はまだ星のまたたくうちに起き出で、夜はまた日がくれて暗くなるまで、毎日々々精出して働いたけれど、なかなかくらしが楽にならなかった。ある年のこと、浜の若い人々が多勢で、伊勢参宮に出かけることになり、善兵衛も誘われたけれど、貧しい善兵衛には、路銀のたくわえとてもなく、親切に貸してやろうという人もあったけれど、後日支払うアテもない借金をして、人に迷惑をかけることは、正直な善兵衛にはできないことで、一緒に参宮をしたいと思いながらも、それができないことをたいへん残念に思った。

ある朝のこと、善兵衛は日ごろかわいがっている小馬をひいて、近くの沼がある野原に草かりに行った。そしてわき目もふらず露を帯びた草をさくさく刈っていると、どこからか

「善兵衛、善兵衛」

と自分の名を呼ぶものがある。顔を上げて見ると、美しい女が立っていた。善兵衛は少し固く

なって、小声で返事をすると
「善兵衛、お前さんも参宮をしたければ行っておいで、わたしが路銀を上げよう。そのかわり私の頼みをきいておくれ。お前さんの通る路に、ここの何倍もある大きい沼があるから、この手紙をその沼の主にとどけて頂戴……」

と言って、一通の手紙と、銭さしにざくざくと銭をさして渡してくれた。

　善兵衛はよろこび勇んで伊勢参宮に出かけた。沼の女にもらった銭さしは、いくら使っても最後の一銭さえ残して置けば、翌朝目がさめて見ると、銭さし一ぱいに元の通り銭がさしてあったので、長い道中をいささかも路銀の不足がなしに、こころよい旅をつづけた。そして幾日かあるいて、足がだいぶ痛くなった時分のこと、行く手はるかに、大きな沼が見えて来た。水面が白くキラキラ光って、それは美しく清い沼であった。

　善兵衛はかねて教えられた通りに、沼の岸に近づいて、タン、タン、タンと、三度手をうった。すると沼の底から、これも年若い主が出て来たので、善兵衛は頼まれた手紙をとどけた。沼の主はたいそう喜んで、善兵衛への土産として、手のひらにものせられるような、小さい石臼(いしうす)を与えた。そして一日に米一粒ずつ入れて、一まわしゴロゴロッとまわすのだと、ていねいに教えてくれた。

　参宮を無事にすまして、大槌浜に帰った善兵衛は、大切にもち帰った石臼を、長持の中にこっそり忍ばせて、毎日米一粒ずつ入れて、ゴロゴロッと一廻しまわした。それが金の粒になって、コロリと落ちる。くり返すうちに貧しい善兵衛は、いつか長者になった。けれどもこうしてひとりでお金を手に入れた善兵衛も、ある日妻から、この隠して置いた石臼を見出された。従ってそのわけも話さねばならなかった。慾が深い妻は、一度に多くの米を入れて、どっさり金の粒を手に入れたいと思って、ある日善兵衛の留守をよいことに、ふしぎな石臼を座敷にとり出し、米を入れてゴロゴロ、ゴロゴロと廻した。すると石臼がごろごろところげ出し、いくらとめようとしてもとめることができずに、遂に家の外にころげ出で、野原の沼の中にボチャンと落ちこんでしまった。

その二

吉里吉里の善兵衛は、牛に肴(さかな)をせおわせて、笛吹峠を越え、遠野の町に売りにでかける浜の男であった。ある日のこと、いつものように牛を追うてでかけたが、遠野近くの八幡山まで来ると、いきなり大鬼があらわれてトウセンボウをした。そして牛の背にある肴を食わせろとせがんだ。しかたがないから善兵衛は、牛から一俵だけおろして鬼にやった。鬼はがつがつ、むしゃむしゃと、たちまち肴をたべてしまった。うまいからもっと食わせろというので、善兵衛は恐ろしくてたまらない。

「もうこれぎりだよ」

と、更に一俵を与えた。鬼は大きな口をあいて、これも見るまにたべてしまった。さっさとさきを急ごうとする善兵衛をさえぎって、肴をみんなくれとせがんだけれど、肴をとられてしまったら、米を買って浜に帰れないので、善兵衛は鬼の言うことをきかなかった。

「肴をやらないなら、牛をたべさせろ。」

鬼はこう言いながら、牛のだいじなところに手をやって、そのキンタマをとろうとしたので、善兵衛は牛とともに一生けんめい逃げ出した。人里はなれた山道である。鬼はあとから追いかける。怒髪がはりがねのようにつきたち、火のような赤い顔、見るからにおそろしくて、善兵衛は何べんも追いつめられそうになった。しかし逃げて逃げて、やっとのこと、土渕村本宿の利右衛門の家にたどりついた。鬼もそうした人里までは来なかった。利右衛門は親切にけがをした牛の世話をしてくれたので、善兵衛は一まずほっとしたものの、考えて見ればくやしくてならない。何とかして鬼にしかえしをしてやろうと決心した。

あくる日、善兵衛は牛を利右衛門方にあずけて、ひとりふらりと八幡山に出かけた。鬼もどこかへ出かけたと見えて、その家はからっぽであった。そこで家の中に入りこんで、梁の上にのぼって待っていると、鬼は夕方近く「アア寒、さむ」と言いながら、外から帰って来た。そして炉にいけてある火の種をほり起して、火をたいた。

「今日は鳥も肴も手にいらなかった。飯をたくのもいやになった」

とつぶやきつつ、たなの中から餅を出して、山で肴をたべた時のように、焼いてむしゃむしゃと沢山にたべた。梁の上の善兵衛も腹がすいた。鬼がたくわえている干栗が、俵につめてかさねてあったので、カリカリと栗をかじったが、鬼は「いたずら鼠がいるんだなア」とひとりごとを言うばかりで、向いて見もしなかった。

鬼はあんまり餅をたべたせいか、炉ばたでこっくり、こっくり居ねむりをはじめた。善兵衛が栗をたべて、からを落してやっても、ちっともそれがわからなかった。そのうちに炉のもえさしもなくなって、火が消えかかって来ると、鬼は目をさました。

「寒い晩だ。石のカルト（石櫃）にやすむよりは、キッツ（木櫃）に寝よう。」

相手にでも話すように、ひとりごとを言いながら、キッツにはいって、あとはごう、ごう、いびきが高くひびいて来た。

善兵衛はそろそろと梁からおりた。そしてキッツの上に置いてあるカギをびんとおろした。炉の上の自在かぎには大きなナベをかけて、湯をたぎらせながら、キッツの隅をナタでけずって穴をあけた。

「わるい鼠だ。キッツまでかむ。」

キッツの中から鬼の声がきこえて来た。善兵衛は、それにはとんぢゃくせずに、やっと穴があくと、そこから煮えたぎる湯をつぎこんだ。

「鼠のやつ、小便しやがる。」

鬼は平気をよそおったが、だんだん沢山の湯がつぎこまれると

「アツーッ、アツイ」

とさけんで、キッツの中をばたばたころげまわってとうとう死んでしまった。善兵衛のしかえしは成功した。そして何の心配もなしに、牛に肴をになわせて、遠野の町に行きかえり、だんだん富を積んで長者になったということである。

紫波の長者〔岩手県〕

岩手県紫波郡日詰町の赤石神社は、延喜式の官社志賀理和気（しかりわけ）神社のことで、社地の東を流れる北上川の川底に赤石があり、水波が紫の色をおびていたので、社名、郡名の起原をなしたと伝えられるが、参道の一角にある南面桜の老木は、同郡彦部（ひこべ）村の大巻館主で、紫波の長者とよばれた川村清秀の館から移し植えられたものである。

世が宮方、武家方とわかれ、攻争に安らかな日もなかった南北朝の頃、この紫波郡には武家方の頭目である斯波氏が下向して来て、北方をしずめ紫波御所などと称せられた。従って宮方でも、これに対してその勢力を固める必要を感じて、ある年、後醍醐天皇の皇子尊良親王の従臣である正親町大納言頼之を東下させることにした。その頃、奥州の宮方としては、南方の石巻に葛西氏、北方の八戸に南部氏がややあらわれたが、中間には紫波郡の川村清秀が、ひとり義をとなえて、紫波御所に対抗していた。川村氏は相模の出身で、文治五年、源頼朝の奥州征伐の時、十三歳で従軍し、戦功を立てた千鶴丸（ちずまる）（四郎秀清）の子孫で、紫波郡に領地を与えられ、大巻館に居り紫波の長者とよばれていた。その領地には大萱生（おおがゆう）のような金の産地もあったからであろう。

正親町頼之が川村清秀をたより、この長者の館に下って来たのは、花にはまだ早い陸奥の浅春であった。そしてやがて長者の館の庭にさいたのが、この南面の桜であった。頼之はめずらしい桜の花をめでて、たびたびその下をさまようちに、いつしか長者の娘緋香(ひのか)と語らい、わりなき仲となった。しかしいつまでもここにとどまることができないで、はるかな吉野の宮居に帰ることとなった。緋香はひとりふるさとにとどまり、頼之のたよりを待ったが、何しろ幾山河をへだて、戦乱のうちつづく世のこととて、思うに任せない。そこで使者を立てて赤石明神に代参させ、頼之と再会の日が、一日も早くめぐって来るように祈願した。あくる年、また桜がさいたので、緋香は

南面をしたいて花は咲きにけり
都の人にかくと告げばや

と一首の歌をよみ、頼之のもとに送った。頼之は再び下向して、紫波の長者の家でその生涯を終えた。赤石明神の神徳をたたえて、長者の館からうつし植えたのが、今にのこる南面桜の基であると伝える。

梅木長者〔岩手県〕

岩手県和賀郡の滑田(なめしだ)に、助右衛門という長者があった。この家では先祖代々の言い伝えで、行く末貧しくなって家屋敷を売らねばならなくなっても、庭の石灯籠の側に咲く梅の木だけは売ってはならぬ。必ず掘り返して、どこへでももって行って植えるようにと言うことであった。ところがさしもの長者にも衰運は免れないで、よもや貧乏になることがあるまいと思われた助右衛門の家が、貧乏も貧乏、どん底に落ちて、その家屋敷まで売ることになった。しかし主人は、さすがに先祖からの教えを忘れないで、庭前の梅の木だけは掘り起こして、新しく移って行く小さい屋敷に植えようとしたら、掘り起すくわの先にカチリと当るものがある。土をかきのけて見ると大きな古カメで、その中からは大判、小判が、それこそざっくざっくと出て来た。一家は大喜びで、すぐ借りた金も返し、家屋敷を売ることもやめて、元のような長者として栄えた。

ところが助右衛門の屋敷には、まだ幾本も梅の古木があった。そして一度こうしてカメから金銀が出たことを見たり聞いたりしている助右衛門の子や孫は、もっと梅の木の根に金銀を埋めているものと思いこみ、銭も金も荒っぽく使って、ゼイタクなくらしをするようになったからたまらない。だんだんに枯れ細るように、また貧乏になった。そこで一本また一本、ある限りの梅の木を、片はしから掘り返して見たけれど、どの根元からも、大判はおろか小判も見つからなかった。そして梅の木もなくなり、家屋敷も人手に渡して没落してしまった。今はその屋敷跡も畑にひらかれて、ただ梅木屋敷という名を残している。

埋もれた宝のあるところには、みちのくでも例外なしに、「朝日さし夕日かゞやく」の歌が伝えられているが、ここにはふしぎに残っていない。

未来押しの長者〔岩手県〕

岩手県和賀郡東和町、小山田の小屋平屋敷に、小田さんという人があった。どこかで未来押しというまじないごとをすれば、長者になることができるけれど、それは一代限りで、二代とはつづかないということを聞いて来た。しかしそうは知っても、やはり長者になって見たかったので、教えられて来たように、生きたままの牛を首だけ出して土中に埋め、たべるものを与えないで未来押しをやった。願いの通りに長者にはなったが、しかし二代とはつづかなかったということである。

同県柴波郡煙山村の堤という屋敷は、近郷きっての長者として知られた。近在の人々は「たいした身代だ。東根山はくずれても、堤の身代がつぶれることはあんめェ」とうわさし合った。けれどもそのつぶれそうもない堤の身代も傾く日が来た。理由ははっきりわからない。ある年の大雨で、堤屋敷の裏をめぐらしていた土堤がくずれた。そうするとそこから赤い牛、まだら牛など、何匹も、何匹も、もうもうと鳴きながら出て行った。どこまで行ったのか、誰も知る人がなかった。堤の身代はそれから衰えて、再びもとの栄えをとりもどさなかった。

東根山は煙山村の西にある袴の腰板のような形をした山で、昔、東根八郎という山の神がいた所、今はその麓に、志和稲荷、水分などの名社がある。

金山沢の長者〔岩手県〕

岩手県岩手郡の御明神村に、貧しい百姓夫妻があった。春になって木の芽がもえ、若草がのび立つと、西の山からミズという山菜をとって、雫石の町に売りに行った。ある年のこと、いつものようにミズを売りに行くと、見知らぬ人から、ミズの根についているザラザラしたキラキラした砂が、山にたくさんあるかどうかをたずねられた。夫妻はそれが黄金というものであることを教えられ、金山沢という所でいよいよ沢山の黄金を掘りあて、次第に家が富み栄えて長者になった。そして掘って掘って、いつしか黄金のベココ（牛）に掘りあてた。村の人々を大勢たのんで、この牛をひき出そうとしたが、ひいても押してもいっかな動かない。とうとう山崩れが起って、みんな圧死してしまった。それから長者も火の消えるように衰えて、今はその屋敷跡がかすかに残っているだけである。

金の牛を掘りあて、これを掘り出しかねて没落したという金山は、同県紫波郡佐比内村にも、その伝えがある。

阿古耶姫と松の精〔山形県〕

雲雀山の昔話で名高い中将姫の父を藤原豊成という。時のミカドに仕えて高い役にのぼったが、それをねたむ朋輩（ほうばい）のためにおとしいれられ、陸奥に流されることになった。豊成が、娘の阿古耶（あこや）姫と僅かの従者をつれて下向したのが、今の山形県南村山郡滝山、千歳（ちとせ）山の麓の長者の家であった。

この村にいつ頃建てられたのか、大日堂があって、毎年秋のとり入れがすむと、村一統でにぎやかにその本尊大日如来のお祭りが行われた。豊成と阿古耶姫とが、毎日さびしくくらしているのを見ている宿主の長者は、ある年、この大日堂の祭日に、二人を誘うて出かけたことがあった。

陸奥の片田舎に育ちながら、年を経て阿古耶姫は、美しくもやさしい女性となり、この参拝にも多くの人々から注目せられた。そしてこれが機会となり、年若い男とわりなき仲となった。若者はその後も時折長者の屋敷に姫をたずねて来て、姫といろいろ話をするのに、ふしぎなことには、その姿が姫だけにははっきり見えるけれど、父の豊成にも、長者にも、話し声が聞こえて来るばかりで、誰がいるのか影も形も見えなかった。

程経てある日のこと、若者は青ざめた心配そうな顔で、あたふたと阿古耶姫をたずねて来た。そして

「長らくねんごろにしていただいたけれど、もうあなたにも御目にかかれなくなる」

と言って打ちしおれる。姫はふしぎに思って、いろいろわけを聞いて見るけれど、若者は

「くわしいことは聞かないで下さい。もう私の生命も、ここ二、三日で失われます」

と、深い溜息をつくばかりであった。

話かわって、その頃長者の家では、村の人々が多勢集まって、毎日相談がつづけられた。それは千歳山の頂にある松の大木をきって、川の橋をかけようというので

「神のタタリが恐ろしい」

という反対もあったが

「村のため、みんなのためだ。その方が神さまの思召にもかなうというものだ」

という主張が勝を占めて、村人が総出で老松をきり倒した。そして枝を払って、いよいよ山から運び出そうという段になり、いろいろと手を尽くして見たけれど、びくとも動かない。

「それ見ろ、ばちが当ったのだ」

と、村はたちまち大騒ぎになった。

阿古耶姫はこの事を耳にして、ハタと思い当ることがあった。それですぐ身軽に支度をして、村の人々と共に千歳山に登って行った。

エンヤラヤー、エンヤラヤー

村人が総がかりで、こうした掛声勇ましく、綱をかけたり木で支えたり、何遍かひいたり動かそうとした松の木である。一寸も動かなかった。ところが姫が手をかけると、不思議なことに右にころころ、左にごろごろ、自由に、思う通りに動くのである。そしてやすやすと運ばれて、立派な橋がかけられた。声ばかり聞えて姿の見えなかった若者は、実はこの老松の精だったのである。

阿古耶姫は、間もなく病のために、長者の家でなくなった。長者は姫の切ない心を思いやり、その言いのこした臨終の言葉のままに、姫の墓をばこの千歳山の頂、老松の根のあたりに築き、別に若松を植えてしるしとした。今でも千歳山では、松の枝に紙を結んで、若い男女が縁結びの祈願をこめるということである。

金蔵長者〔山形県〕

トントンカラリ、トンカラリ

金蔵の家では、毎日々々機織(はたお)りのオサのひびきがするようになった。金蔵は十三歳の時、父も母もなくなってしまった。貧しい家でひとりぼっちになった金蔵は、それから桃太郎のお爺さんのように、毎日岩に木こりに行った。そしてそれを近くの町に売っては、少しばかりのお金をもうけ、細々とくらしを立てていた。何しろ正直者で、少しも嘘(うそ)を言えないたちで、またとても情深くて、自分が困っていながら、物乞いなどが来ると、沢山御飯をたべさせてやるようなことが多かったから、隣近所の評判ものであった。

ある日のこと、金蔵は背一ぱいの薪を町に売って帰って来ると、一人の猟師が、真白な一羽の鶴を生きたまま籠に入れて

「鶴買わんか、鶴売ろう」

とふれて歩いて居るのに出合った。金蔵はこれを見て、かわいそうでたまらなくなり、財布の底をはたいて、猟師から鶴を買いとり、人の見えない所までもって行って、そっと籠を開いて放してやった。鶴はたのしげに、青空高くとび去った。

それから二、三年の歳月が流れた。いつものように山から帰って来た金蔵は、山小屋のようなそまつな自分の家の入口に、旅姿の若い女が立っているのを見つけた。そして道に迷って困っているので、一夜の宿を願いたいという。金蔵の家には米がなかった。布団もなかった。致し方がないから、粟粥をたいてたべさせ、夜っぴてイロリに火をもやして、寒くないようにしてやった。翌朝、金蔵が山に出かけようとしても、その女は出て行きそうもなく

「私に留守をさせて下さい」

と頼んだ。夕方、金蔵が帰って来ると、家の内外が見違える程きれいに掃除せられ、粟のお粥もおいしくたかれていた。金蔵は大そう喜んだ。いつもなら山から帰って来て、イロリにいけてある火種を掘り返し、ちろちろ火をもやして、粟粥を炊いた後、ひとり松あかりで、さびしく夕飯をたべていたからである。しかし困ったことには、その女が金蔵の嫁になりたいと言い出した。金蔵は貧しいくらしで、それに今の働きでは、自分ひとりさえ満足に毎日の生活が過ごせなかったのである。それで

「とても貧乏で、妻がもてないから……」
と言ってことわっても、女は
「その貧乏が好きなので、私も働いてお手伝いしますから………」
といっかな聞入れない。とうとう気のよわい金蔵が負けて、その旅の女を嫁に迎えることにした。

女はこうして金蔵の妻になり、雨が降っても、風が吹いても、毎日毎日

トントンカラリ、トンカラリ

と機織りに精出した。真白な、とてもきれいな織物であったから、金蔵がそれを町に売りに行くと、誰でもとびついて高く買い求めた。いつかトノサマにも聞こえて、これをさし上げると千金を下さった。薪売りの金蔵は、いつの間にか反物屋の金蔵になり、だんだんお金もちになり、千両箱をいくつも重ねて、遂に金蔵長者と呼ばれるようになった。

こうしてまた三年ばかりたったある日、町から帰って来た金蔵の耳に、いつも聞える機織りの音が聞こえて来なかった。ふしぎに思ってのぞいて見ると、機場(はたば)の中に一羽の鶴がぐったり倒れ、織りかけた布にはその羽毛が織り込められていた。金蔵ははじめていつか助けた鶴のことを思い起こした。そして恩返しのため、精根の尽きるまで働いてくれたのだと思うと、とてもじっとして居られなくなり、うずめてお寺を建て、自ら出家して僧となり、ねんごろに亡き跡をとぶらった。

今、山形県東置賜郡漆山村にある鶴布山珍蔵寺は、金蔵長者の建立した寺で、宝物として鶴

の毛織というものが伝えられ、境内には

　仙鶴留レ毛伝二軼事一　古経存レ寺是珍蔵

と刻んだ石碑も残っている。

註　木下順二氏の作『夕鶴』は、この物語をもとしたものと考えられる。

本間長者〔山形県〕

本間さまには及びもないが
　せめてなりたい殿さまに

これは山形県酒田かいわいの民謡で、殿さま（旧藩主酒井家）にもまして、とぶ鳥をおとす程の勢があった、本間長者をたたえたものである。本間長者は村上源氏、相模愛甲郡の出身で、佐渡の守護職をもつとめたことがあるというから、あの日野資朝（すけとも）をなきものにし、資朝の子阿新丸（くまわかまる）のために、仇として討たれた本間入道は、その遠い祖先だったに違いない。酒田の本間長者のじきの祖先、主計（かずえ）頼綱という人は、播磨の国から佐渡の島におもむく途上、敦賀の港で生まれたと伝えられる。頼綱の子主計光重が、武士をやめて、酒田の港の商人となった。油屋とも、豆腐屋ともいわれるが、両方だったかもしれない。大いに産を成したのは、それから六代目、孫四郎光丘（みつおか）の時である。

孫四郎は京都から古着を仕入れて来て、これを城下の村々に売りさばいた。酒田附近の米などを、都にはこんだことは言うまでもない。もうけた金は百姓たちに貸した。払いかねる百姓たちからは、田地をとった。酒田の西の浜は、日本海岸のどこにもあるように砂ばかりで、秋から冬にかけてつよい風がふくと、うねうねした砂丘となって、すべてのものを埋めてしまう。孫四郎はこうしてくいこむ砂丘をとめるために、資金を投じて、防風、防砂のための林を仕立てた。それは明和の頃という。そして砂丘がくいとめられて、その上が緑の草でいろどられるのを待合せ、どんどん新田を開いて行く。こうして本間の田地は年々ふえるばかり、見る見るうちに長者になって、それこそ殿さまをしのぐ豪勢さとなった。つまり殿さまの方はあべこべに、きまった禄高で年々財政が不足する。何か事ある毎に本間長者に頭をさげて、借金をしなければならない。本間の方からは、貸しもするが献金もする。そこでただの町人にして置かれないから、藩の役人にとりたてる。財政整理を一任する。本間の長者はこうして政権と結び、利権にありついて、いよいよのして行くばかりであった。もっとも殿さまばかりでなく、一年に一度、困るという人々のために施しの日がある。その時には酒井氏の城下、酒田の藩内ばかりでない。遠く秋田、越後辺からまでやって来て、その恵みにあずかったので、上からも下からも、近く遠く、ひとしく本間さまで通りがよかったわけで、最近までも名高い大地主として、ひろく知られた次第であった。

だんびる長者〔秋田県〕

秋田県鹿角郡宮川村に、小豆沢という広い野原がある。山の中のこうした野原に、沢山の人が入込んで、田を開き畑をつくり、次第に開発を進めていた時分のこと、左衛門太郎という正直者夫妻も、ここに移って来て、毎日畑を耕し、細々とつましいくらしをつづけていた。

ある日のこと、左衛門太郎は畑のアゼで、うとうと昼ねをしていると、何ともいえないおいしい酒を、二度、三度、口の中に注ぎ込まれた夢を見て、ハッと目がさめると、側で妻がにこにこ笑っていた。左衛門太郎が今見た夢のことを話すと、妻はふしぎそうに

「それは、こうなのよ。むこうの岩の方から、大きな

だんびる（トンボ）が飛んで来て、お前さんの口のあたりへ、しっぽを当てては飛び立ち、また来てはしっぽを当てて、何遍もくり返したんだよ」
と見たままを語った。そこで左衛門太郎は、だんびるが飛んで来たという大岩の方に行って見ると、岩と岩との間から、清らかな水が湧き出て、ちょろちょろ流れて居り、芳ばしい香が鼻をつくようだった。試みに一口味わって見ると、驚いたことにはそれが先程夢に見た、おいしい酒の味そっくりであった。それから左衛門太郎は、せっせとこの水を汲んで、村の嫁とり、町に市の立つ日などに、分けたり、売ったりして、たちまちお金持ちになった。新しく大きな家も造り、それを囲んで幾棟かの倉も建てた。多勢の召使がふえて、朝夕の米をといだ白い水が、流れ流れて米代川（よねしろ）と呼ばれるようになり、あたり近所では誰知らぬものもない長者になった。

　こうして左衛門太郎は、何一つ不足もない豊かなくらしをするようになったけれど、ただ夫妻の間に子供が一人もなかったので、これも名高い隣郡二戸の浄法寺の本尊、桂清水観世音に祈願をこめ、どうにか子供を一人授けて下さるようにと、御堂に七日七夜もおこもりをした。七日目満願の夜、観世音が夢枕に立たれ、願いをきいて子供を一人授けてやると仰せられ、妻の着物の袖に宝珠の玉を入れられたと夢みて目がさめた。やがて身ごもり、月満ちて生れて来たのが花のような女の子で、桂の前という名をつけた。

　小さい時からとても賢くて、可愛らしかった桂の前は、年をとるにつれ、だんだん美しいお姫さまになった。そして村から町へ、町から国中へ、次第にうわさがひろまって、観世音のような美しい姫が、鹿角の長者の家にいることが、遠く都にまでも聞えた。その頃になると、長者も天子様に御願いして、長者号の御許しをいただきたいと思い立ち、多くのお伴をつれて都にのぼった。そして三十三日も長い旅をつづけ、やっと都入りをして、藤原中納言吉定に御とりなしを頼み、泉の酒、黄金、漆、蓮の糸で織った錦など、くさぐさ、数々の宝物をおみやげとしてたてまつり、長者号の御許しをお願いした。ところが天子様の方からは、美しい桂の前を御キサキに上げるように所望せられ、姫は宮中にあがり、吉上（きちじょう）天女と名をかえて、あでやかな御キサキとなった。長者は望み通り長者号の御許しをうけ、姫に別れて帰国し、これからだんびる長者と称することになった。

　桂の前がいなくなった長者の屋敷は、さびしいものであったけれど、だんびる長者はその後も、日毎年毎に富を加え栄えに栄えた。しかし寄る年波は、どうすることもできない。ついに病にかかって、いろいろ医薬の手を尽くしたかいもなく、八十九歳でなくなった。これを聞いた遠近の人々が集まって来て、長い葬式の列が、長者の屋敷から山の御寺までもつづいた。

　あとに残った長者の妻は、花をそなえ、香をたいて、毎日長者の御墓参りをしてくらしたが、丁度長者がなくなってから三十五日目に、これも

「ただ一目でよいから、桂の前が見たいものだ」

と言いながら、ポッキリ折れるように、夫の跡を追うて亡くなった。都の后（きさき）の宮、吉上天女はこのしらせをうけとると、わが身の幸はとにかくに、父母の最期にも出会えなかったことを思うと、くやしさ、申訳なさで、涙も出ない程であった。早速天子様に御暇を願って、今は亡

き父母の御とむらい、御祭りをするため、草深い陸奥の故郷に下向された。父もなく、母もいない、実家に帰られた吉上天女は、あちこちの山寺から多くの坊さん達をたのみ、立派な御とむらいをなされた。そして守り本尊の桂清水観世音にも、参拝を思い立ち、三日三晩の参籠をせられた。するとふしぎに桂の前の吉上天女も夢を見られ、観音様から
「姫の親たちは、大日如来の身代りですぞ。はじめ貧しく、後に長者になったのは、ものの道理がわからぬ人々に、世のことわりを知らせんがためなのだから、末々までもあがめ尊びなさるがよい」
と御告げをうけて、ハッと御目ざめになった。そこで吉上天女は、ここ小豆沢に大日堂を建てて、ていねいに父母をまつられた。一にこの堂の本尊大日如来は、吉上天女を母とする王子様だったとも伝えている。

註　ダンビルは一にダンブリともいう。

田子三平〔青森県〕

昔ある所に大金持があった。その娘がある晩、田子（たつこ）三平という男に嫁にもらわれて行った夢を見たので、夜が明けると父親に
「オラ（おれ）を、田子三平サ嫁ゴにやってくなさエ」
と願って見たが、父親は
「そんな名前の人ァこの辺で聞いたことねエ、それよりオオヤ（大家）でくれろと言うから、そこサ行くんだ」
ととり上げてくれなかった。
「オラどうしても、田子三平の所（どこ）サ行きたがすからやってくなさエ。」
娘はたって父親にせがんで、ヤロコ（下男）一人をつ

れて、田子三平を探しに出かけた。ある町はずれまで行って

「ここらに、田子三平ヅ人ァいながべか（居ませんか）」

と、そこここたずねて見たけれど、誰一人知る者がなかった。仕方がないから思いあきらめて、更に隣村まで行くと、トップリ日が暮れてしまった。そこで門のある大きな家でとめてもらって、夕飯をいただいていると、旦那さまから

「若エ（わけ）姉コ、何してありく（歩く）」

と聞かれたので、娘は

「オラ、田子三平ヅ人さ嫁ゴに行きだエと思って、メッケ（見つけ）に来たが、知らながんすべが」

とたずねて見た。すると旦那さまは

「田子三平なら田子の町はずれにあるども、貧乏人で、とってもお前さんのような立派な姉コを嫁にとる人でァねエ」

と聞かせてくれた。娘はそれでも夜のあけるのを待って、三平の家をたずねるつもりで行って見ると、なる程むさくるしい小屋が見つかったので

「こちらは田子三平さんの家でがすか」

と聞いて見ると、土間でチロチロ火をもやしながら、下腹をあぶっていた三平が

「そでがす」

と答えて、うろたえて着物をかき合わせて帯をした。娘は

「そンだら、オラお前さんどこさ嫁ゴにもらわれだ夢を見て探しに来たんだよ。オラをもらっ

てくなサエ」
と言ったものだから、三平は全くどうてん（びっくり）して
「お前のような立派な嫁ゴもらっても、こんな家では置く所もねエし」
とことわった。娘は
「なんでもかんでも、ぜひもらって下さエ」
と、つれて来たヤロコを実家に帰らせ、その日から三平の家で働らき始めた。そしてだんだんお金をためて、三平に相談の上、町で化物屋敷と言われ、長い間空家になっていた大きな家を安く買いとり、思出の小屋からここにうつって商売をはじめた。
ある晩のこと、化物屋敷の噂にたがわず、座敷に三人の小坊主が出て来て
「これこれ、お前の亭主はどうした」
と呼びかけられた。起上ってよく見たけれど、誰もいなかった。次の晩もまた同じように三人の小坊主が出て来て
「お前の亭主ァどうした」
とたずねられたが、思いちがいか影も形もなかった。いよいよ三日目の晩、夜中に三人の小坊主があらわれ
「お前は感心な女だて、宝ものを授けてやる。お前の寝ている床下に、小判を入れたカメが三つエケ（埋めて）てある。それをお前さ授けるから掘って見な」
と言われたと夢みて、パッと目がさめた。そこであくる日、三平にわけを話して、床下を掘っ

て見た。するとカメ三つに、目がくらむようにキラキラ光る小判を入れてあるのが見つかった。三平夫婦は、それをもとでに、いよいよ商売の手をひろげ、長者になっていつまでも栄えたといわれる。

註　奥州ではこの種の小坊主、童児を、ザシキワラシ、ザシキボッコなど称する。佐々木喜善の『ザシキワラシの話』以来、多くの研究、調査が行われているが、旧家、長者屋敷などに居り、その没落するに当って他家にうつるなど称せられる。

田子は、青森県三戸郡にある町で、ここで田子三平とは田子の三平の意である。

炭焼長者〔青森県〕

昔、今の岩手県西磐井郡達谷(たっこく)の岩屋にすんでいた大武丸は、みちのくきっての悪者の頭目であった。そしてだんだん勢がつよくなるにつれ、次第にわがままがつのり、近国にも出かけて、人をおどし財をかすめ、遠く駿河(するが)の清見が関から、ついには伊勢の鈴鹿(すずか)の関までもおしよせて、都にのぼり下りをする人々をくるしめた。

そこで都からは、勇武の名が高い坂上田村麻呂を征夷将軍として、これを討ちしずめることとなったが、何しろ大武丸は剛の者であるから、田村麻呂は日ごろ信心している観音さまに祈願をこめて、はるばるみちのくに下ることとなった。伊勢から海を渡って駿河路あたりまでは、賊もにげる一方であったけれど、それから奥になると、一歩よりは一歩、だんだんにはげしく手向うようになった。殊に白河の関を越えると、賊の勢はますます強く、田村麻呂もたびたび苦戦をまぬがれなかったが、いつもふしぎなことに、田村麻呂の矢がつきそうになると、どこからか見知らぬ童子があらわれて、一度敵にむかっていった矢をひろって来ては、田村麻呂に手渡したので、戦況をもり返して、大武丸をおして行くことができた。今の宮城、岩手、青森の三県にわたって、大武丸を殺して、その首なりシカバネなりを埋めたと伝える所がたくさんあるのは、はげしい戦いがくり返され、追いつめては何遍もとりにがしたことを物語るものであろう。賊にだまされた田村麻呂は、賊をだまして討ちとろうと考え、花若丸と名をかえて、大武丸に近づき、これをつかまえようとしたけれど、敵もさるもの、深山に身をひそめて、たやすく乗ずるすきを与えなかった。

今でも津軽(つがる)一帯に行われるネブタという夏祭りは、この奥山にかくれた賊どもを誘い出し、これをかり出すために行ったのがはじまりだと言われる。それはダシの上に、紙をはって大魚、大鳥などの形をつくり、その内部に灯を点じ、大鼓や笛のはやしにぎやかに

　ネブタ流れろ、マメの葉は残れ

と声高らかにうたいながら、幾つも幾つもねり歩くのである。ネブタは賊、マメの葉は忠義な味方の意だという。なかなかにぎやかな祭りである。

大武丸はこうして陸奥の猿賀で退治せられた。その首を埋めてまつったのが、津軽の猿賀明神である。田村麻呂は京都にかえり、ミカドからその軍功を賞せられたが、かねて尊信する東山の清水寺にお礼参りをすると、御本尊の観音さまに矢のきず跡がついている。軍陣の間に矢をひろってくれた童子が、外ならぬこの観音さまであったことにびっくりして、限りなき感謝をささげ、いよいよ深く観音さまをたっとんだ。

話かわって大武丸が遠方からかすめとった財宝は、今の青森市新城の戸建沢(とたてざわ)の地下深く、こっそり埋めて置いたために、誰もそれを知らなかった。ところがいつしかこのあたりにも、炭

焼く若者が来り住み、これをなりわいとして月日をすごすうち、はしなくも都の摂家近衛家の姫御が下向して来て、宝を知らぬこの若者に宝を教え、ついには大武丸のかくして置いた黄金までも掘りあてて、近在に誰知らぬものなき炭焼長者となった。

それから何代目のことであろう。長者秀直の時、平泉の戦いに利を失い、逃げ落ちて来た源義経主従をかくまい、これを外浜の三厩（みうまや）から蝦夷ガ島へのがしてやったが、そのことが鎌倉幕府の知るところとなり、討手をさしむけられ、屋敷にこもって討死した。しかしその子の頼秀が、金売吉次にたすけられ、再びその栄えをもり返して、後の津軽氏の祖先になったということである。

椿山長者〔青森県〕

青森湾内、平内(ひらない)半島の沖にちょっぴり浮ぶ小島がある。全島が椿の木でおおわれ、椿山と名づけられる。椿の群落(ぐんらく)は、岩手県胆沢郡若柳が北限であると言われているのに、ずっと北にさること遠く、海の中とはいいながら、全島椿というのはめずらしいことである。

昔、いつ頃のことか、この平内に、父親と娘とくらす分限者があった。長者という程ではないにしても、村の名主(なぬし)、やっぱり貧しい漁夫(りょうし)たちから見れば、おらもなりたいと思うほどのゆたかなくらしをしていた。

ある年のこと、上方から椿油を売る若者がやって来た。そしてこの名主の家に滞在したが、早く母親を失った名主の娘は、実は髪をゆい、けしょうをすることすら、この田舎では手ほどきしてくれるものもなかったので、若者に教えられるままに、椿油をつかって髪ごしらえをするうちに、だんだん美しくなった。娘も若者をにくからず思い、若者もまた娘に親しくした。しかし限りある椿油ではあり、このあたりではこれをつくることもできない。あくる年の再会を期して、若者は仕入れのために上方に帰った。

一体このあたりには、昔から一種のマジナイがあった。たとえば伊勢参宮がたつと、門に一本の木を立てて、それに魚形をつり下げる。そして伊勢に向いつつある間は、魚の頭が伊勢の方に向いているが、それが帰り道につくと、くるりと反対の方にかわるというのである。娘もひそかにこのマジナイをして見た。魚の頭はくるりと転向したけれど、若者はなかなか姿を見せなかった。待ちこがれ、思いこがれるうちに、ふとした病がもとで、娘はポッキリと折れるように身まかってしまった。

若者も実は気が気でなかった。陸奥へ下る途すがら、思いがけない大水で川どめにであったりして、心ばかりあせっても、どうすることもできない。やっと平内の娘の家にたどりついて見ると、むかえてくれたのは老いた父親ばかりであった。娘を美しくして、互いによろこぼうと思ったことも、今はすべて空しくなった。望みという望みが全く失われたと思うと、もう生きたいとも思わなかった。

こうして黄者は、もって来た椿油をみんな捨ててしまって、平内の岬(みさき)から身を投げ、娘の跡を追うて自らの命を絶った。そしてその油を捨てたところから、椿が密生し、今の椿山の島になったということである。

第二部

ツブ（田にし）の長者〔岩手県〕

昔ある所に、田畑、金銀、宝もの、何でもあり余る程もってい て、何一つ不足なものもない長者があった。ところがその長者の 名子（なこ）に、その日のくらしも立てかねる程貧しい夫婦があって、は や四十の坂を越えたというのに、子供が一人もなかったから、わ が子と名のつくものなら、ビッキ（蛙）でもよいし、ツブ（田にし）でもよい、ど うぞ一人を授けてもらいたいと、お水神さまに願をかけた。

ある日のこと、ガガ（女房）は田の草とりに行って、いつものように 「お水神さま申し、そこらあたりのツブのようなのでもよいから、 どうぞ子供を一人授けてたもれ。」

こう口の中でつぶやいていると、急に腹が痛んで来た。こらえ られなくなって、こごみこごみ家へ帰ると、トド（夫）は心配していろ いろ手当をして見たが、いっかなおらなかった。医者をたのむお金もないので、近所のコナサセ婆（助産婦）に頼んでみてもらうと、ガガが身もちになって、子供が生まれそうだという。夫婦は大そう喜んだものの、間もなく生まれたのが、一つの小さいツブであった。トドもガガもびっくりしたが、何しろ水神様の申し子だからというわけで、お椀に水を入れてその中に入れ、神棚に上げて大切に育てた。ふしぎなことにそのツブは、五年たっても十年たっても、御飯ばかりたべてちっとも大きくならなかった。

ある日、トドは長者の馬を借りて来て、長者どのに納めるサンコク（小作米）を運ぼうとすると、どこかで

「トド、トド、今日はわしが米をもって行くよ」

という声がする。よく見るとそれは息子のツブである。トドは大変驚いたが、ツブはどうしても自分が行くというので、馬の背に米俵をになわせ、言われるままにツブをその荷の間に乗せてやると、ハイドウ、ハイハイと上手に馬を御して、門口（かどぐち）を出て行った。出しは出したものの、トドにして見れば、息子のツブが果して用事をすまして帰るかどうか、心配でならなかった。けれどもツブはそんなことには頓着なく、長者どのにサンコクをとどけて、いろいろ御馳走にもなったが、長者どのはその動作にすっかり感心して、娘を嫁にやる約束までしたから、ツブはまた馬に乗って、ヂャング、ヂャングと鈴の音も勇ましく、自分の家に帰って来た。

やがて長者どのの娘は、タンス、長持を七さおずつ、荷物は七疋の馬にになわせて、ツブの息子に嫁入って来た。貧乏な名子の家には、それが入りきれなかったので、長者どのは別に倉を建ててやった。何しろ美しい嫁で、やさしく親切で、とても働き手だったので、ツブの家の

名子のくらしもだんだん楽になった。そして村のしきたりに従って、四月八日、鎮守の薬師如来の祭りに、ツブ新夫婦もお参りすることになった。美しく化粧して、タンスからきれいな着物を出し、花のように着飾った嫁ごの帯の間にはさんでもらったツブは、新妻と二人むつまじく、四方山の話をしながら歩いたので、道行く人や行き逢う人は、美しい女がひとりしゃべったり笑ったり、気でも狂ったのかと思いながら眺めて通った。

こうして薬師さまの鳥居の前まで来ると、ツブは

「これ、これ、わしはわけがあって、これから先へは進めないから、道端の田のあぜに置いてけろ(くれ)」

というので、嫁ごは

「それでは気をつけて、カラスなどに見つけられないように待っていてくなさい」

と、帯の間から出してそっと置いて、高い参道をのぼり、御堂に参詣した。そして帰って見ると、大事なツブの姿が見当らない。驚いてそこここと探して見たけれど、かいくれ見つからぬ。田の中から沢山のツブを拾い上げて見たが、どれもこれも自分の夫には似もつかぬものばかりであった。そこで

ツブどのツンブどの
わが夫(つま)や
今年の春になったれば
カラスという馬鹿鳥に

ちッくらもッくら
　刺されたか
と声高に呼びながら、顔や着物が泥にまみれるのもきらわずに、田から田へと夫のツブを探して歩きまわった。これからいよいよヒドロ（深泥の湿田）にさしかかろうとする時、いきなり背後から
「これこれ、嫁ゴ何をする」
と呼びかけられたので、ふり返って見ると、姿りりしい男が、深いあみ笠をかぶり、腰に一本の尺八をさして立っていた。そして
「そなたのたずねるツブは、この私だよ」
と親しく言われるものの、嫁ゴはもとよりたやすく信じられなかった。けれども
「わしは水神さまの申し子で、今まではツブの姿をしていたが、今日、お前が薬師さまに参詣してくれた御利やくで、このように人間となりかわった。わしは水神さまに御礼参りをして、ここまで帰って見ると、お前がいないので、今まで方々さがしまわっていた」
と言ったので疑いもとけ、二人は一緒に家に帰った。
　嫁ゴはもとよりきれいだったが、ツブの息子もそれにまさる美男子であったから、トドもガガも、びっくりもし喜びもした。早速そのことを長者どのに知らせたので、長者も飛んで来て見て、こんな光るようなムコどのを、むさくるしい家に入れては置かれぬとあって、町の一番にぎやかな通りに立派な家を建て、そこで若夫婦に店を開かせることにした。ところがツブの

息子という評判が高くなって、店はどんどん繁昌した。そして忽ちのうちに町一番の物もちになり、ツブの長者と呼ばれるようになった。

（岩手県上閉伊郡、遠野市）

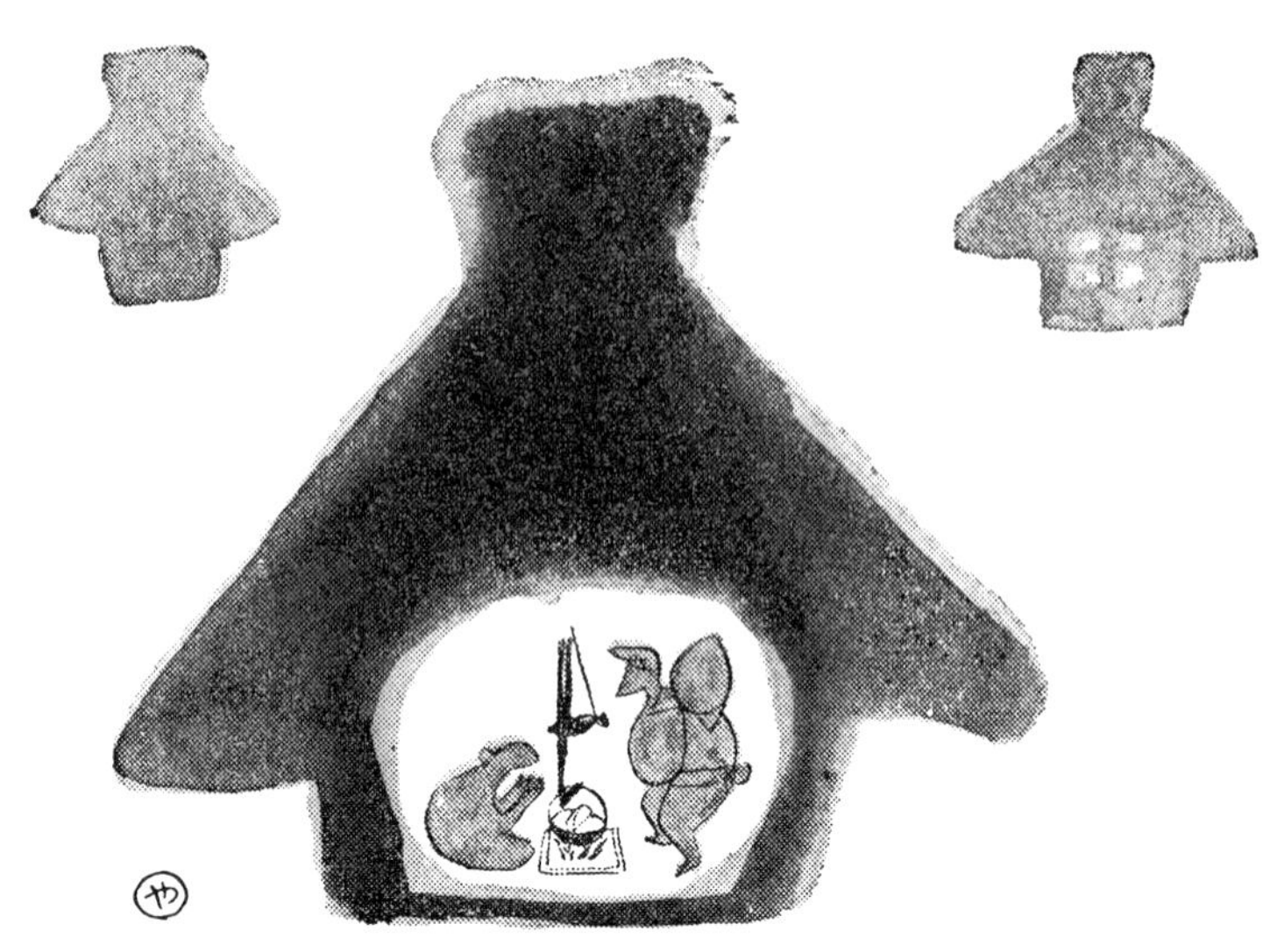

上の長者　下の長者〔岩手県〕

昔、あるところに、貧しい爺さんと、婆さんとがあった。いくらまめまめしく働いても、思いがけない不幸ばかりつづいて、一こうくらしが楽にならなかった。生まれた子どももみななくなってしまった上に、こんなびんぼうな家には、よそから来て年よりのめんどうを見てくれるものもなかった。しかし爺さんと婆さんとは、ごく信心ぶかいたちで、こういう不幸も、自分たちの神信心が足りないからだと思って、よい事があっても、わるい事があっても、いよいよ神さま、仏さまにすがるような心がつよくなった。けれどもなさけないことに、年こしが来ても、正月になっても、餅をつく米が買えなかった。

毎年めぐって来るお祭りの日、川から白い平たい石をひろって来て、「どうぞこらえて下さい」と言いながら、餅のかわりに神さまに上げたりした。ちょうどこの貧しい家の上と下とに、長者の家があったので、上の長者、下の長者と呼んでいた。ある年末のこと、貧しい爺さんは、せめて年とりにばかりも、米の飯をたべたいものだと思って、上の長者の家に米を借りに行った。倉を四十八もならべている上の長者は

「ヒエならいくらでもあるけれど、米はうちにもなくなった」

と言って貸してくれなかった。爺さんはいたしかたなく、今度は下の長者から借りようとしたが、下の長者も

「粟なら貸そうが、米はない」

と、木で鼻をくくったような返事であった。そのくせ納屋の方では、若い衆が勢いこんで、ペッタンコ、ペッタンコと餅をつく音がきこえていた。

爺さんはがっかりして、すごすごうちへ帰って来た。婆さんがコゴトをいうだろうと思うことも、爺さんの心をくらくした。けれども帰って見ると、婆さんは思いのほかにほがらかで、菜ッ葉漬けをどっさり出して来た。鉄瓶の湯をぐらぐらたぎらせて、ゴチソウがわりに、菜ッ葉湯でもして呑もうという。爺さんもすっかりよい気持になった。茶わんに菜ッ葉を入れて湯を注いでは、これは肴、これはお餅と、神さまや仏さまにそなえた。それから爺さん、婆さんがさしむかいで、あたかも酒でもいただくように、さしつ、さされつ、菜ッ葉湯を呑んだ。そうしているうちに、いつしか爺さんも婆さんもよい気持になって、婆さんが歌い出すと、爺さ

んはおどった。

上のうちはへいし（廃止）

下のやしきもへいし

中のじさまがごはんじょ（繁昌）

歌は上の長者、下の長者の無情をうらみ、貧しいわが家の仕合せを願ったものであったが、それからふしぎに、爺さん、婆さんの家によいことがかさなった。その反対に上でも下でも、長者の家にはよくないことがつづいて、どちらもおちぶれてしまった。

（岩手県上閉伊郡、遠野市）

木仏長者〔岩手県〕

昔、あるところに長者があった。祖先からつたわる美しい金銅(こんどう)づくりのお仏さまをもっていることが、だいの自慢で、客が来るたびに、奥の仏間に案内しては、鼻たかだかとこれを見せびらかした。

長者の家にやとわれて、はたらいている多くの下男のうちに、どうかして自分も長者のようなりっぱなお仏さまをほしいものだと、思いつづける一人の若者がいた。ある日のこと、この若い下男が、多くのなかまと山に木こりに行った。そして汗水を流しながら、天をつくような大木をきり倒すと、その枝ぶりが仏さまそっくりのかっこうをしているのを見つけた。なかまに笑われながら、下男はよろこんで家にもち帰って、自分のやすむヘヤの隅にまつり、毎朝、自分のいただく御飯をそなえて、おがむことを怠らなかった。主人の長者をはじめ、なかまの誰彼からは、時折からかわれたけれど、下男は一こう気にもとめないで、心から信心をつづけた。

するとある年の正月のこと、長者は自慢の金仏（かなぶつ）と、この下男の木仏（きぶつ）と、角力をとらせようと言いだした。そして木仏が勝ったら長者の財産をすっかり下男にやることにし、金仏が勝ったら下男が一生、長者に仕えてはたらくことにしようというのである。長者の屋敷の大広間は、きれいにかたづけられて、にわか造りの土俵がかまえられた。屋敷中の下女も下男も、みんな仕事をやすんで、角力見物をゆるされた。

もとよりつやつや美しい金仏と、皮をはいだばかりのぶこつな木仏である。それに長者と下男、くらべることさえ、近づくことさえできそうもないと思った。土俵にのぼった仏さま同士は、いよいよ取組んだ。見る見るまっ赤になって、押しつ、押されつ四つに組んでの大角力になった。みんなカタズを呑んで、勝負いかにと見守っている。ところが予想とはあべこべに、金仏がだんだん押され気味である。ひたいからは、たらたらと油汗が流れる。とうとう木仏のために、土俵ぎわによりきられて、金仏の負けとなった。

長者は約束通り、すべてを下男に渡して無一文になった。しかしあまりにふしぎでならなかったので、金仏さまにわけをたずねて見た。すると金仏は

「お前さんは、わたしを見せものにして、自慢ばかりしたが、さっぱりおがんではくれなかっ

た。一年に一度か二度、御飯をそなえてもらったが、いつもひもじかったよ。それで角力をとっても力が出なかったのだ」

とためいきをつかれた。長者は二の句がつげなかった。信心ぶかい下男は、木仏ばかりでなく、望み通りに金仏をも手に入れて長者になった。世間からは木仏長者とよばれた。

（岩手県上閉伊郡、遠野市）

鶏長者〔岩手県〕

昔、あるところに長者があった。ふしぎなことに夫婦の間に子供が生まれても、それがいつしか消えていなくなって、一人も育たなかった。ウラナイ、ハッケ、よいということは何でもして見たけれど、かいくれそのわけがわからなかった。

ちょうど七人目の子が間もなく生まれようというやさきに、諸国巡礼の六部（ろくぶ）がやって来たので、長者はしばらく屋敷にとめて、悪魔はらいのキトウをしてもらった。長者の妻はやがて七人目の子を生んで、とり上げ婆（助産婦）がたのまれて来た。六部には、それがどうしても鬼の形に見える。用心して見ていると、赤チャンを洗ってやると見せかけて、実は火であぶってたべているのであった。六部はすかさずこれをつかまえて、その不都合をなじると、鬼はしんみり身の上話をした。鬼は鶏のバケモノであった。長者の家では鶏をやしなってくれるけれど、その卵はみなたべてしまうから、子孫というものが一つも残らない。それに親鳥も年をとれば、やはり殺してたべられるので、結局親も子も根だやしにされてしまう。それでしかえしに、長者の子をとるので、子を育てたければ、ヒナをかえせというのであった。

長者は六部からそのことを聞いて、鶏の卵をかえしてヒナを育てた。八人目の子から、とるものもなく、消えることもなくなって、生長して長者のあとをついだ。そして鶏長者と称せられた。

（岩手県上閉伊郡、遠野市）

金太郎長者〔岩手県〕

金太郎は小さい時に父親をなくして、母親のオフミと二人ぐらし、とても母親思いの孝行息子であった。ある時母親のオフミが病気になったので、一心にみとりをしたけれど、なかなかよくならなかった。何しろ貧しいために、薬を求める銭もなかったから、金太郎は毎日水ごりをとっては氏神さまに参り
「アッバ（母親）のグワエ（工合）がよくなるように」と手を合わせて伏しおがんだ。ある朝まだ暗いうちに参った時、お宮の前にワラシ（小童）がいて
「こっから東の方に水コァわくとこ（所）がある。その水コくんでのませれば、アッバは良（え）ぐなる」と教えてくれて、間もなく姿が消えてしまった。金太郎は教えられたように、東の方に行って見ると、なるほど清らかな水がわいて流れていた。
「これだな。」
金太郎はためしにそれをくんで、帰って母に飲ませると、オフミは気持よくそれを飲んだ。毎朝お参りに行っては、くんで帰る水を飲んで、オフミの病気は紙を一枚一枚とはいで行くよ

うに、次第によくなった。

ある朝、いつものようにお宮参りをすまして、水をくみに行って見ると、泉の底にキラキラ光るものがあるので、ふしぎに思って見ていると、小坊主が出て来た。そして
「お前は感心なワラシだ。オレは金の神さまだゾ。この泉の底を掘れば、金が一ぱい(沢山)出て来るから掘って見るがよい」

と言い捨てて見えなくなってしまった。母親の病気もすっかりよくなると、金太郎は水くみのかわりに金掘りを初めた。出るわ、出るわ、沢山な金が出て来て、孝行息子の金太郎は、やがて長者になった。

(岩手県二戸郡小鳥谷村)

笠売り長者〔岩手県〕

昔、ある所に、貧しいが正直な爺さん、婆さんがあった。笠をつくって町に売っては、細いくらしを立てているので、年こしが来ても餅もつけない貧乏であった。ある年の末のこと、爺さんは笠を売りに町に行ったけれど、一つも買ってくれる人がなく、すごすご家に帰って来た。そのうちいつしか雪が降り出して、米も買えずにお正月を迎えることを思うと爺さんの足どりはいよいよ重くなったが、ふと見ると道端の六地蔵さまが雪に降りこめられながら、しょんぼり立っている。正直な爺さんがそれを見かねて、お地蔵さまさぞや寒いことだろうと、もっていた笠を六枚、みんなかぶせて上げて、手ぶらで家に帰って来た。婆さんもわけを聞くと、不平一つ言わず、起きていれば腹がへるからとて、早くやすんでしまった。

その夜中のこと、吹雪の中で遠くの方から「エッサ、ヤレサ」と何かひっぱるような声が聞こえて、それがだんだん近づいて来る。爺さんはふしぎでならないので、戸の破れ目からこっそりのぞいて見た。驚いたことに、地蔵さまたちが六人で、雪の中を何か一生けんめいで運んで来るので、気味がわるくなって隠れてしまった。間もなく表の戸をガラリとあけて、土間に何かドシンと投げ入れた音がした。

ヤーヤ、重かったなア

汗が出たぞ

そんなことを言いながら、地蔵（方言ズンゾウ）さまたちがガヤガヤ帰って行った。やがて静かになったので、爺さんは恐る恐る土間におりて見ると、大きな袋の口が破れて、中からキラキラと大判、小判がのぞいていた。笠をかぶせてもらった爺さんのあたたかい思いやりの御礼だという、地蔵さまたちの置文もそえてあった。それから爺さん、婆さんはお金持ちになって、誰言うとなく笠売り長者と呼ばれることになった。

（岩手県二戸郡福岡町）

メドツ（河童）長者〔岩手県〕

昔、ある所に正直な爺さんがあった。ある時道を歩いていると、子供たちが縄に竹の笛を結びつけて、砂利の上をガラガラ引いて遊んでいた。爺さんはそれを見て、笛に気の毒でならなくなり

「なんたら（何とまア）、ワラシェド（童達）、モジャポナシ（手荒い無遠慮）なんだ。笛は吹いてならすものだ。罪つくりだからオレさ売ってけろ」

と言うと、子供たちは飴が買えるつもりで、三文で爺さんに売った。爺さんは喜んで、着物の袖で笛の泥をぬぐうて、大事そうに帯にはさんで歩きつづけた。

また少し行くと、子供たち五、六人で、ビッコ馬をいじめていた。三人が背にのり、一人が手綱をひき、一人は棒切れで尻をたたくので、馬はジャクタラ、ジャクタラ、びっこをひきながら追いまわされていた。爺さんはまた馬がかわいそうになって

「そんたな（お前たち）だ、もぞい（酷い）ことをするもんじゃなェ」

と言って、馬を百文で買いとった。子供たちの見えなくなる岡のかげまでひいて行くと、馬の

方から
「爺様々々、オラさ乗ってござェせ（いらっしゃい）」
と言うので、爺さんは馬に乗ることにした。すると今度は二、三人の子供たちが、メッコ（片目）鷹を縄でしばって、柴の枝でたたいていじめていた。爺さんはまた五文出して鷹を買った。そしてビッコ馬に乗って、笛をピーヒョロと吹くと、馬はジャクタラ、鷹はバサバサと進んで行く。
　ピーヒョロ、ジャクタラ、ピーヒョロ、バッサバサ
　こういう調子である河原に出た。メッコ鷹ながら目ざとくメドツ（カッパ）を見つけて
「爺様々々、あっちの河原にメドツめが昼ねして、甲羅（こうら）コほしてだがら、オラあれを退治するしけェでに見でぐわんせ」
と言うので、爺さんは
「それはやめた方が良ェ、ウガは負けるんだしけェ」
と制して見たが、メッコ鷹は
「メドツめ、夏になればワラシェドをとって、ケツ（尻）のダンコ（肛門）をとって食うしけェ」
と言うが早いか、河童めがけて攻めかかった。何しろ急なことで、河童は逃げるすきもない。頭をかかえて
「許してけろ、カニ（堪忍）してけろ」
と平あやまりにわびるばかりであった。けれどもメッコ鷹は攻撃の手をゆるめなかったので、河童は終に

「今から絶対にワラシェドのダンコをとって食わなエがら許してけろ」
と泣き出してしまった。爺さんは
「それ程に言うがらウソはあるまい。許してやれ」
と言って聞かせて、河童を許してやった。河童は有難がって、淵の底から沢山の宝ものをもって、爺さんの所へ御礼に来た。爺さんはおかげで長者になったということである。

（岩手県二戸郡福岡町）

サレコウベと長者〔岩手県〕

昔、あるところに貧しいお爺さんがあった。毎日野良で働いても、なかなか楽にならないくらしを、不平も言わずにすごしていた。仏さまの信心は人一倍あつかったから、四月八日、今なら花祭りの仏さまの誕生日、薬師さまの御縁日でもあるので、この日は仕事をやすんで、お寺参りでもしようと思っているところへ、また用事ができてよそへ出かけなければならないことになった。そこで折角買って置いた酒をフクベ（ひょうたん）に入れ、腰にぶらさげて出かけた。みちのくの春、この頃ともなれば、田がすかれる。菜種菜の花について、いろいろの野の花がいきづく。カゲロウが燃え、雲雀がさえずる。歩きつづけて疲れを感じて来たお爺さんは、路傍の松の根に腰をおろした。フクベの中にあるものも気になった。一寸休んで一ぱいやろうと思うと、程近い草むらにサレコウベが一つ捨てられてある。誰も通らない野の果、小気味わるく思わぬでもなかったが、いやいや、これはどうしてここにころがっているのか、思えばかわいそうなものだ。よしよし、丁度今一人で飲もうとした酒だ。もともと一人で飲むことのきらいな私である。お前さんにも飲んでもらおうと、恰も生きた人にでも言うように、盃に一ぱいなみなみとついで、そのサレコウベにかけてやった。歌う気にもならないので、仏さまのゴエイカを手向けてまた出かけた。

用をすませたお爺さんは、たそがれ時に、往きに休んだ所まで帰って来ると、後から「爺さま、爺さま」とよぶ声がした。ふり返って見ると、十七、八の美しい姉コが立っている。

「今日はお爺さんのおかげで、ほんとうにうれしい思いをしました。そのお礼を言いたいので、帰って来られるのを待っていました。」

わけを聞くと今朝、草むらにころがっていたサレコウベである。三年前、この野原を通るうちに、急病で死んだ娘のもので、この二十八日が三周忌、今まで親兄弟がどんなにさがしても、縁が薄いためか未だに見つけられない。父や母の夢枕に立ってもここまでさがしてはくれない。それで命日の法事には、ぜひまたここまで来てくれて、娘と一しょに親もとへ行ってくれとせがむので、お爺さんはそれを承知して家に帰った。

さて約束の二十八日が来た。お爺さんは朝のうちに野原に来て見ると、さきの日よりも美しく着かざった娘が出て待っていた。つれ立って娘の村まで行くと、大きな構えの娘の家では、

今日が行方のわからなくなった娘の法事だというので、お客さまやら、手伝い人やら、大勢いりこんでいた。お爺さんは

「おら笑止くて（恥しくて）とても中さはいれない」

というと

「ホンならわたしの着物にとりついて」

と、娘が袖でおおってくれたので、誰にも見つけられぬよう家の中にはいって、こっそり仏壇の間にすわった。座敷では和尚さまの読経がすんで、お酒、お吸いもの、お餅と、次々にごちそうが出された。もとよりお爺さんはお酒好き、見てばかりは居られなくて、そっと手をのばしては、お客さまの酒を飲んだから、お客さまたちは、いつの間にか盃がなくなる、ふしぎなことだと話し合った。

ごちそうがすんで、お膳を下げる時、手伝い人の小娘が、皿を落して割った。この皿は主人が大切にしていたものだったので、小言がはじまり、物言いが起り、小娘は泣きくずれてしまった。全く法事らしくもない場面になったので、サレコウベの娘はそれをいやがり帰って行った。お爺さんも一しょに帰ろうとしたけれど、娘はどうしても残っていてくれとせがんでやまない。しかし娘がいなくなると、お爺さんはむき出しになったから、その姿が誰からでも見えて来た。そして皿のさわぎが一変して、今度はお爺さんの吟味さわぎになった。お前は誰か、どこの何者だ、みんな知らない人々にとりかこまれて、口々にこう問いたずねられても、お爺さんはもう恥かしくはなかった。この月の八日以来のことどもを、いささかのよどみもなく、

すらすらと話して聞かせたから、さわぎはたちまち消えて、一座はしんみりとなった。主人夫婦はこらえかねて、大声をあげて泣き伏してしまった。

もうあくる日を待たれない。親たち、和尚さまは親類もろとも、お爺さんに案内してもらって、早速野原へ娘の骨迎えに行った。そしてりっぱな葬式をして、ねんごろに跡をとむらった。お爺さんは娘の親たちから、財産を半分わけてもらい、そのあたたかいなさけをうけて、余生を安楽に、長者のようなくらしをすることができた。

（岩手県上閉伊郡）

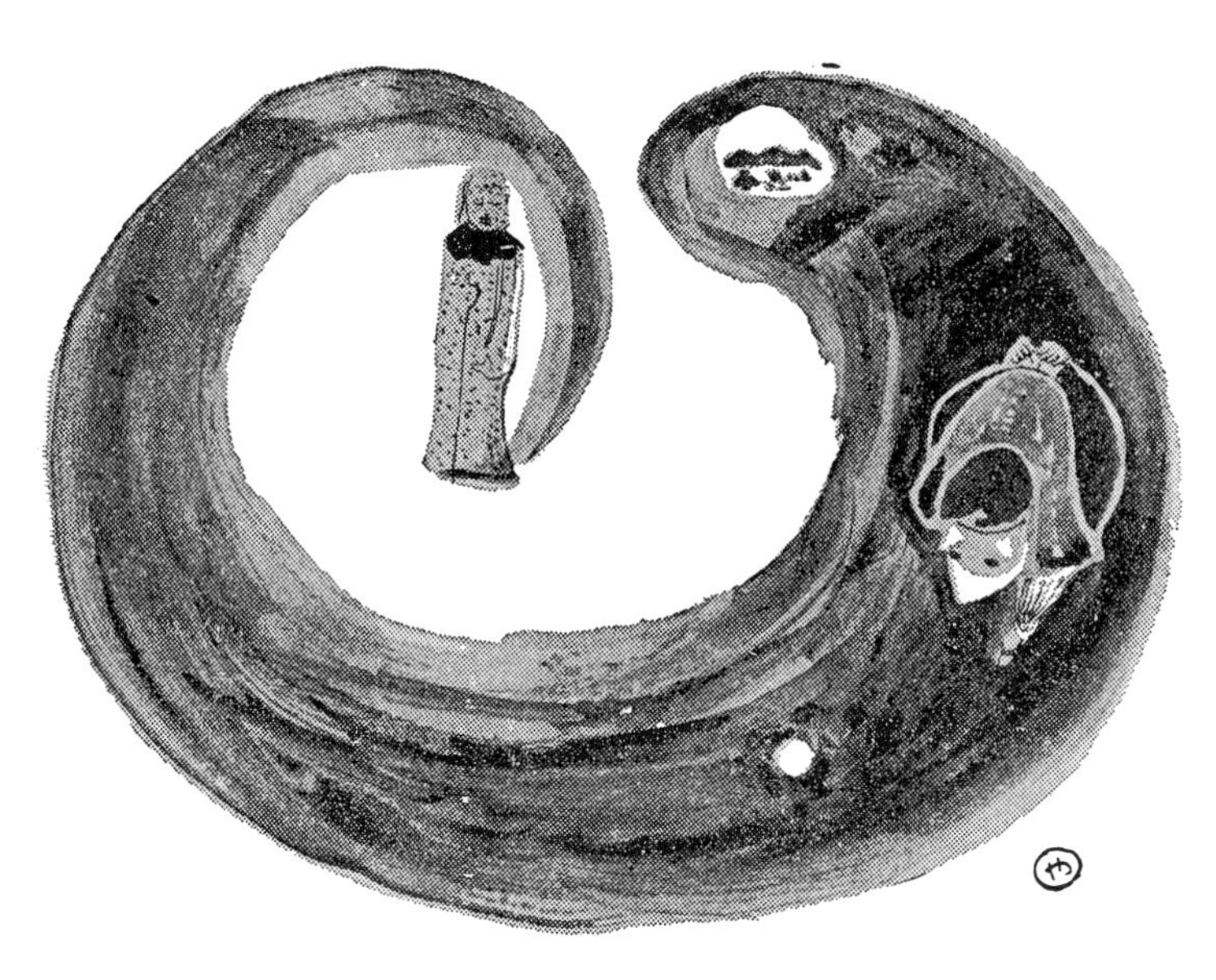

団子長者〔山形県〕

昔、あるところにお爺さんとお婆さんとがあった。春の彼岸（ひがん）が来たので、団子をこしらえて仏さまに上げようとしたところが、どうしたはずみか、一つの団子がころげ落ちて、ころころと庭の隅の方へころげて行った。お爺さんはこれをひろおうと追っかけたら、隅の穴の中へ落ちてしまって見えなくなった。お爺さんは捨てるのがもったいないと思って、穴の中へはいって行くと、底の方がだんだん広くなって、そこにお地蔵さまが立っていた。そしてその足もとに団子がころがっていたので、それをひろい上げて、土のついたところは自分がたべ、土のついていないところをお地蔵さまに上げた。
　そのうち、暗くなって来たので、お爺さんは家に帰ろうとすると、お地蔵さまはにこにこしながら
「おれの膝の上にあがれ」
とおっしゃる。お爺さんはもったいなくてもじもじしていると
「よいからあがれ」
とかさねて言われる。いたし方なくてその通りすると、今度は
「肩さあがれ」
とおっしゃる。膝までがやっとのことであったのに、肩にはあがれなかったが、それでもさいそくせられてやむなくあがった。そうすると
「もっと上の頭にあがれ」
というので、恐る恐る言われるままに、頭の上まであがった。そうするとお地蔵さまは、破れウチワを貸してくれた。そして日が暮れると、鬼どもが多勢やって来てバクチを始めるから、よい頃を見はからい、このウチワをたたいて、鶏の鳴くまねをするように教えてくれた。なるほど間もなくドヤドヤ赤いのや青いのや鬼がたくさんはいって来て、にぎやかにバクチを始めた。お爺さんは教えられた通りに
「バタバタバタ、コッケッコウ」
とやったからたまらない。鬼どもは

「そら夜があけた」
とあわてふためいて、銭や金やバクチ道具をひろげたまま、そこに残して置いて、皆逃げてしまった。

お爺さんはその銭、金をお地蔵さまからみんなもらって帰って来た。そして長者になった。米も着物もたくさん買って、らくなくらしをした。ある日、隣りの婆さまが遊びに来て、この様子を聞き、自分もそうして福々しいくらしをしたくなった。そして爺さまと相談して団子こしらえをした。わざと団子を庭に落した。ころげないのを足でけって、無理やりに穴の中に落した。爺さまは跡を追うて穴にはいると、やはりお地蔵さまが立っていた。仏頂面（ぶっちょうづら）をして何も言わない。泥まみれの団子をぬぐいもしないでそなえた。そしてだまっているお地蔵さまの膝の上にあがった。目をつぶったようにして何も言わないのに、ついで肩にあがり、頭の上にあがった。貸してくれないので、手をのばしてウチワをとり上げ、待っていると、やはり鬼どもがやって来てバクチをうち始めた。待ちきれないで爺さまは
「コッケッコウ、バサバサバサ」
とやった。鬼どもはもう夜があけたのか、早いなアと言いながら、銭も金もみんなとりおさめて、ぞろぞろ帰った。ところが一番おくれた小さい鬼が、逃げそこねてイロリの自在カギに鼻の穴をひっかけて、大きな声でハクションとくさめをした。爺さまは思わず知らずおかしくなって、くすくすと笑ってしまった。
「それ人間の声がしたぞ。」

逃げかけた鬼までもどって来て、方々さがして見たからたまらない。頭の上の爺さまはたちまち見つけられた。そしてひきずりおろして、さんざんにいじめられ、やっと命だけひろって、すごすごと帰って来た。

（山形県最上郡）

長者とホトトギス〔秋田県〕

昔、強慾な長者があった。男女三百六十五人も召しつかっていたので、それを一日休ませると、一年ぶんになるというわけから、お節句や村祭りなどにも、めったに休ませないでこき使った。

幸一もこの長者につかえた召使の一人であった。そして年はもいかないというので、幸一の仕事は、毎日何匹かの馬を野原につれて行き、草を食わせては夕方にまたつれて帰って来ることであった。親馬、子馬の何匹、幸一にはかわいくてたまらなかった。野原に行くと、ぽかぽかと日が照って、そよ風が吹きわたる。緑の草がなよなよとなびいて、馬がうれしそうに右往左往した。幸一は草の上にすわって、足をなげ出しながら、あられもない空想をほしいままにしたりする日が多かった。

父もない、母もないみなし子ではあったが、長者につかわれながらも、幸一にはそれほど非道の人とも思われなかった。しかしある日のこと、かわいい子馬が一匹、夕方になってもいつも集まる馬のたまり場に帰って来なかった。幸一は血まなこになって、あちこちと子馬をさがし廻った。もう夕日が落ちて、小暗くなった森の方から、いつも馬どもの水をのむ流れの側、草むらのつづく丘の上から野のはてまで、馬の行くかぎりはどこまでもたずねて見たが、どこへ行ったのかかいくれわからなかった。

　幸一はいたしかたなく、しょんぼりと長者の屋敷へ帰って来た。長者からしかられることよりも、かわいい子馬がいなくなったことが、とても悲しくてならなかった。予想したように、長者からはひどく小言をいわれたが、幸一はどうにもして子馬をさがし出したいと思った。あくる日、幸一はまたしおしおと馬をつれて野原に出かけたが、やっぱり子馬が姿を見せなかった。それはほんとうにふしぎなことであった。ムチを振っても、口笛を吹いても、いつも人なつこく寄って来た子馬が、どうしても帰らないことを思うと、悲しさのあまり涙がとめどもなく流れて来た。幸一はだんだん気が遠くなるように感じた。そしていつしかその姿が鳥にかわった。とうとうホトトギスになってしまった。

　あっちゃ（彼方へ）行ったか
　こっちゃ（此方へ）行ったけか

　ホトトギスがこういう悲しい鳴声をしながら、山から野へ、また昼から夜中までもとびまわるのは、幸一が力のかぎり、いなくなった小馬の行くえをさがしているのだという。

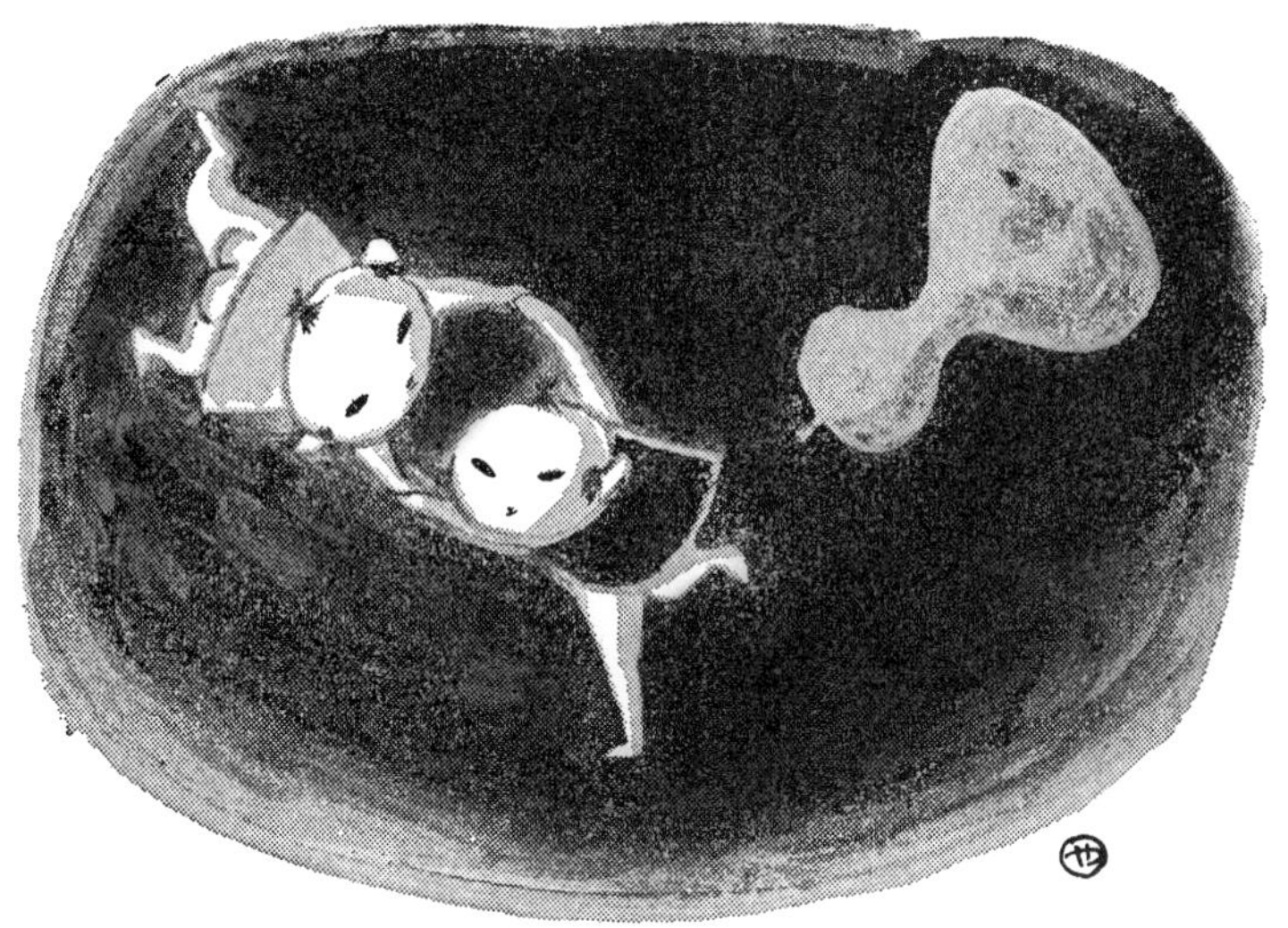

ひょうたん長者〔青森県〕

昔、あるところに観音さま信心のお爺さんがあった。ある秋の宵宮(よみや)に、観音堂にこもって、石段をことりことりと下りて来ると、どこからともなくヒョウタンが、ごろごろところがって来た。ふしぎなことに、お爺さんがあるけば、ヒョウタンもころがって来る。とまれば、ヒョウタンも動かない。そのうちお爺さんは少し疲れたので、道ばたの石に腰をかけて、どっこいしょと休んだら、ヒョウタンはごろごろとお爺さんの足もとにころげて来た。

「一体何がはいっているのだろう。」

お爺さんはそう思いながら、ヒョウタンをとり上げて振って見た。するとその中から童子(わらし)が二人、ピヨコン、ピョコンと出て来た。

「爺さま、爺さま、わては金七です。」

「わては孫七です。」

童子はめいめいに、こう名のった。それは目にいれてもいたくないような、かわいい、かわいい童子たちであった。

「爺さま、爺さま、このヒョウタンをもって家に帰んなサェ。わてたち何ンでも爺さまの欲しいものとって来てあげまさア。」

金七と孫七とは、にこにこしながらこう言った。お爺さんは、たいそうのどがかわいていたので、水がのみたかった。それで
「水ば、ほしいんだが」

というと、ヒョウタンの中から小さいコップがとび出た。そしてその口からは、すきとおるような水が流れて来た。それはつめたい、さわやかな、あまい、おいしい酒のような水であった。話にきく甘露（かんろ）というものだろうと思って、お爺さんはすっかりよい気持になった。金七と孫七は、もとのようにヒョウタンにかくれたので、お爺さんはそれを腰にさげて帰って来た。そしてお婆さんに事の次第を話すと、お婆さんもシワだらけの顔をくずしてよろこんだ。

あくる朝、お爺さん、お婆さんが、いつものように目をさましてびっくりした。金七と孫七とは、さきに起きて火をたきつけ、御飯をたき、掃除をちゃんとすましている。その御飯がまたまっ白い米ばかりのもので、おさかなさえそえてある。お爺さん、お婆さんは、こうして毎

日、毎日、金七と孫七とにたすけられ、いるもの、ほしいものは何でもヒョウタンから出して、福々しいくらしをするようになった。

ある日のこと、金七と孫七が、ヒョウタンをもって町に行こうと、お爺さんにすすめた。お爺さんはいなみもせずに出かけると、道々たくさんの若い衆に追い越された。聞くともなしにその人々の話が耳にはいって来る。天神さまのお宮が新しくできて、大祭が行われ、芝居もあれば、角力も競馬もあるという。腰のまがったお爺さんも心がせく。

町について見ると、それはそれは身動きもできないほどの人出で、大にぎわいであった。お爺さんはまず天神さまに参拝したが、鳥居の近くに黒山のような人だかりがあった。のぞいて見ると、それは富(とみ)くじという――今なら宝くじのようなものを売っている。

「さアさア、新案の富くじだ。宝の山のただどり、たった一分で千両箱が一つ当る。早いがお得だ」

と声をからしてさけんでいる。この年になるまで見たこともないものだと思いながら、お爺さんは暫く立ってもの珍しげに見ていると、腰のヒョウタンの中から

「買え、買え」

と、金七、孫七の小さい声が聞こえて来た。お爺さんはためしに一本買って見ると、そのたった一分で、たちまち千両箱が当ってしまった。こうしてお爺さんは、ふしぎなヒョウタンのおかげで、だんだん富をかさねて長者になった。幾棟も幾棟も立ちならぶ倉には、米も金もみちみちて、近在でも評判が高くなった。

その頃隣村に、これはまた名高い悪徳の馬くろう（馬商）があった。自分の手もちの悪い馬は、よい馬といつわって高く売り、他人のもっているよい馬には、何とか難くせをつけて安く買って、できるだけ多くの金をもうけようという、腹の黒い男であった。だからお爺さんのふしぎなヒョウタンの話を耳にすると、うまいぐあいにお爺さんをだまして、これを自分のものにし、一もうけしようとたくらんだ。そして鹿毛、青毛、三十三疋の馬をひいてお爺さんをたずね、ふしぎなヒョウタンとかえてもらいたいと申込んだ。

お爺さんはハタと当惑した。今こそ何一つ不足がない長者のくらしをしているものの、そのもとはといえば自分の働きではなくて、ヒョウタンの中の金七、孫七という二人の童子に福々しくしてもらった。殊にそのヒョウタンは、事によればいつも信心している観音さまからの授かりものに違いないと思いこんでいる。いくら太くたくましい三十三疋の馬をひいて来られても、かねて評判の悪い隣村の馬くろうに、一家の宝物を渡してやる気にならなかった。そこでつと立って、奥の間に置いてあるヒョウタンに耳をあてて聞いて見た。

「売れ、売れ」

と、金七、孫七の声がハッキリ聞えた。しかし容易に信じかねたお爺さんは、もう一度あらためて耳をあてて見た。

「売れ、馬ととりかえろ。」

金七、孫七の声はやはりかわらない。今まで何でもこの童子たちの言うままになって来たお爺さんである。惜しくないわけではないけれど、今回もまたさからいもせず、言われるままに馬とかえごとをして、ヒョウタンを渡してやった。

　馬くろうは大得意で、すぐその足でトノサマのお屋敷に向った。そしてヒョウタンから、望みどおりのものを何でも出す奇術を御目にかけたいと申入れた。トノサマはたいそう喜んで、お庭の桜の木の下に幕をはりめぐらし、大勢の家来（けらい）たちは言うまでもなく、奥方から御女中衆をめしつれて、馬くろうの奇術を見ることになった。さて馬くろうは
「何なりと御望み下さい。すぐ出して御覧に入れます」

と自信満々、大見得をきった。

「馬くろうじゃ、余が乗馬を出して見よ。」

　トノサマらしい御註文（ごちゅうもん）である。「ハイ」と答えたものの、振って見ても動かして見ても、ヒョウタンからは何も出て来なかった。馬くろうは全く面目を失ったばかりではない。罪せられて遠方へ島流しになった。

長者になりそこねた話

その一〔宮城県〕

仁蔵はマタギ（猟師）の息子であった。まだ小さい時分に、やはりこれもマタギを家業にした祖父から、金を背負うた班牛（まだらうし）が、黄金の山の岩屋（穴）の中にいるというので、ずいぶん今まで山をあるくうちにさがして見たが、若い時に班牛を殺したことがあるせいか、一度もそんな牛のいそうな穴が見つからなかったという話を聞いたことがあった。

仁蔵はだんだん成長するにつれて、父とともに山にはいることが多くなった。ある日のこと、鹿を追うて深い林にわけ入ったが、とうとう父とはぐれてしまって、ひとり深山をあちこちとさまようた。そして日ぐれ近くなって、大きな岩屋の前にたどりついた。これがよく祖父の話した、黄金の山の穴であるかも知れないと思って、だんだん奥の方へ進んで見た。しばらくすると、大きな石の門が見えた。そしてその前に、うすくらがりをかすかに動いているものがある。すかして見ると、まごう方なく班牛で、その背には金ならば延板（のべいた）らしいものを三、四枚も負い、尾をふりながら蝿を追うているのであった。仁蔵は「しめた」と思って、牛に近づいた。そして手綱をとってひいて帰ろうとすると、牛は動かない。あべこべに牛にひかれて、だんだん門の内にはいって行った。

　暫く行くと第二の門があった。そこには門を守るたくさんの家来たちがいて、にこにこしながら仁蔵を迎えた。そして

「王様も、王女様も、さい前からお前の来るのを御待ちだ。早く奥へ通れ」

との言いつけである。そして家来につき添われて、なお進んで行くと、いかめしい楼門があった。今までのうす暗い道とはちがって、それから奥はあかあかとかがやきわたっていた。これが待っている王様の御殿だと思うと、仁蔵は妙なところに来たものだと思って、身も心もひきしまるようだった。家来の人は、御殿の奥へ、奥へとみちびいてくれる。どうあるいて来たかもわからない程、うねくねと曲ったりのぼったりしてやっと王様の御前へみちびかれた。王様はものごしやわらかに

「かねがね王女のムコを迎えたいと思って、人間の世界から誰か来るのを待っていた。ここは竜宮といって、めったに人間の来るところではないのに、お前さんはどうして来たか」

とのおたずねである。仁蔵は狩に出て山に入り、道ふみまようて岩屋を見つけ、ひょっこりそこをのぞくと班牛がいたので、それをひいて帰ろうとして、かえって穴の奥へひきこまれた次第を、つつみかくさずに申上げた。するとまた

「その班牛のことをどうして知っていたか」

と重ねてのおたずねだったので、これには

「ハイ、私の祖父から聞きました」

とだけ答えて、くわしい話をしなかった。すると王様はきっとして

「金を背負うた班牛を知っているお前の爺さんは、いつか班牛を殺したことがある筈である。ここ竜宮は常春の国、老ということもなければ、死ということもない。殺すということ、とりわけ罪もなく悪事もしないものを殺すということ程、深重な罪業はあるものでない。折角人間の世界から来てくれたお前さんを、わが姫のムコがねとして、国も譲り宝も与えようと思ったのに、聞けばお前さんもマタギで殺生が家業、殊に三代前には班牛を殺したという宿世の因業、姫をやるわけにはいかない」

と仰せられた。仁蔵は長者になりそこねて竜宮から帰り、また西根の山で熊を追い鹿を狩るマタギの生涯を送った。

その二〔青森県〕

昔、ある所にお爺さんがあった。朝早く起きて内庭をはいていると、豆が一粒ころがってい

た。

ただ捨てるのはもったいないことだと思って、裏の畑の隅にそっとまいて置いた。やがて芽が出てぐんぐん成長し、畑一ぱいにしげって、豆のサヤを沢山につけた。お爺さんは定めし豆が多くとれよう、味噌もできるし、キナ粉もつくれると思って、ひとりで喜んでいた。ところがある日一匹の狐が出て来て、この豆をみんなたべてしまった。お爺さんはがっかりしたものの、狐がにくくてならない。それで捕えてぶち殺そうとすると、狐は平あやまりにあやまって、お爺さんに金もうけをさせて上げることを約束したのでゆるしてもらった。

狐はまず最初によい馬に化けた。お爺さんはこれをひいて、長者の家に売りに行って、高い値段で売りつけた。しかしずるい狐のことである。神妙に長者の家で馬になっていないで、四、五日するともう逃げて帰って来た。そして今度は茶釜に化けた。お爺さんは、これを金の茶釜だといつわって、お茶の好きな和尚さんによい値で売りつけた。

和尚さんはよい茶釜が手に入ったというわけで、早速これを炉にかけると、あつい、あついと言いながら、ぐらぐら動いて湯をこぼして、火を消してしまった。灰まみれになった茶釜を小僧が川にもち出し、砂をかけて磨こうとすると、痛い、痛いぞ小僧、手で磨けと言った。これは茶釜の化物だということになって、イロリにかけてどんどん火を焚いたからたまらない。とうとう狐の正体にかえって、尻尾（しっぽ）ひきひき山ににげて行き、二度とかえって来なかった。お爺さんの金もうけもそれきりで、ついに長者にはならなかった。

その三〔秋田県〕

秋田の男鹿半島には、毎年鬼がやって来て村々を荒した。誰も自分にかなわない弱いものばかりで、こうしていじめ抜いて置けば、半島をみんな自分の領地にし、人々は家来にして、それからたくさんの年貢をしぼりとり、ひとり長者になって、安楽なくらしができるというのが、この鬼の算段であった。

しかし村の人々にして見れば、まことにいまいましくてならない。そこで何とかして鬼の来ないようにする手だてはないものかと、よりより評議をしたが、なかなか名案も浮ばなかった。そのうちとり入れがすむ。どんより曇った空から、ミゾレや雪がちらちらとんでくる。村々の倉には米や豆の俵がつみ重ねられる。こういう頃になると、きまって鬼がやって来る。そして人々が年中はたらいた汗の結晶を、まるまる徴発して行こうという虫のよい鬼の計略なのである。

ある年のこと、鬼が来るのにさき立ち、男鹿半島を巡礼する旅僧がめぐって来た。そして行く先々、とまる家々で、みんなこの鬼に苦しめられている村人の、あわれにも貧しいくらしを見て、何とぞしてこれを救いたいものだという悲願を起した。待つうちに鬼がやって来た。多くの船、大勢の家来、それはそれは豪勢なことで、男鹿の村人が恐れをなすのも無理はないと思った。旅僧は静かに口をひらいた。

「鬼ドン、鬼ドン、あんたは力がつよいから、何でもできるんだネ。」

鬼はもとより力自慢で、人々に勢いを見せるのもこの時とばかりに

「あ、何でもできるよ。できないことがあったら男鹿などに来るもんか」

とヒジを張って広言きった。旅僧もこの時とばかりに
「そんなら戸賀の明神さまに、今夜中に一晩で石段をつくって頂戴、私はまだ参拝し兼ねているのだから」

と言うと、鬼もひっ込みがつかなくなって承知した。旅僧は
「もし今晩中にできなかったら鬼ドンの負け、その時はどうなさる」

とたたみかけた。たくらみなどのあろうとは、露知らぬ鬼である。

「戸賀の明神さまに申訳がねェ。二度と男鹿には来ないサ」

と、むぞうさに言ってのけて、さて石段つくりにとりかかった。旅僧は村人に相談して、鶏の声色の上手な人をさがさせ、これに雄鶏を数羽つけて時を待った。明神さまの石段の工事がどんどん進められる。鬼どもは主人の命令で、今晩中にかたつけようと、大童(おおわらわ)である。八十階から九十階、さらに九十九階目ができて、もう一階つくればもはやでき上るという時、旅僧の用意していた人が

コケッココウ

とやったからたまらない。雄鶏は声をそろえて鳴き出した。もう夜があけた。工事のすまない鬼は、さすがに恥じて、すごすごとかくれるようにひき上げた。それから鬼は男鹿半島に来なくなった。村の人々はホッとした。これも長者になりそこねた話といえばいえそうである。もっともねらいは、鬼が工事をやり終えなかった話であろう。

その四〔岩手・青森県〕

女性を主人公にした話では、米福、糠福という母をちがえた姉、妹の話なども、附会すればまた長者になりそこねた話になろう。姉の米福はなくなった先の母の子、妹の糠福は生きているゴケガガ（継母）の子である。姉の米福は事毎にこのゴケガガにいじめられ、山に栗拾いに行くにも、底のないハケゴ（容器フゴ）を与えられる。祭りの日にも何か仕事が与えられ、平常は糠小屋（籾ガラの置き所）に休ませられ、釜の火たき番としてまっ黒になって働いている。しかし白い小鳥に化けたなき母の霊からもらったふしぎな小袖をきると、生まれつきの麗人で、そっと忍んで参った祭りの宵に長者の息子に見そめられて、結婚の申込みをうける。ゴケガガは自分の娘の糠福をかえ玉とし、姉にかえて長者の嫁にやろうと、いろいろに手くだをつくして見たが、赤毛のちぢれ髪で、姉よりずっとみにくかった糠福は、とうとう合格しなかった。米福がきれいな嫁ゴになって、りっぱな馬コにのせられ、チャグチャグとカネをならしながら嫁入るのを見た糠福は、おらも車にのって嫁に行きたいとせがむ。そこでゴケガガは石臼にのせて、ごろごろとひいて歩いたが、石臼もろとも用水池に落ちこんで、腹の赤いイモリになり、長者の嫁ゴになりそこねたということである。これもねらいは別であろう。

本文中、現在では用いられない表記・表現がありますが、刊行当時の資料的意味と時代性を尊重し、そのままにしてあります。ご了承ください。

また、再刊にあたり、連絡のとれない関係者のかたがいらっしゃいます。ご存じの方がおられましたら、弊社までご連絡ください。

（編集部注）

［新版］日本の民話　別巻2

みちのくの長者たち

一九五七年一〇月三一日初版第一刷発行
二〇一七年 五 月一五日新版第一刷発行

定　価　本体二〇〇〇円＋税
編　者　及川儀右衛門（おいかわぎえもん）
発行者　西谷能英
発行所　株式会社　未來社
〒一一二―〇〇〇二
東京都文京区小石川三―七―二
電話（〇三）三八一四―五五二一（代表）
振替〇〇一七〇―三―八七三八五
http://www.miraisha.co.jp/
info@miraisha.co.jp
装　幀　伊勢功治
印刷・製本　萩原印刷
ISBN978-4-624-93577-1 C0391

〔新版〕日本の民話

（消費税別）

1　信濃の民話　＊二二〇〇円
2　岩手の民話　＊二〇〇〇円
3　越後の民話　第一集　＊二二〇〇円
4　伊豆の民話　＊二〇〇〇円
5　讃岐の民話　＊二〇〇〇円
6　出羽の民話　＊二〇〇〇円
7　津軽の民話　＊二〇〇〇円
8　阿波の民話　第一集　＊二〇〇〇円
9　伊豫の民話　＊二二〇〇円
10　秋田の民話　＊二二〇〇円
11　沖縄の民話　＊二〇〇〇円
12　出雲の民話　＊二〇〇〇円
13　福島の民話　第一集　＊二〇〇〇円
14　日向の民話　第一集　＊二〇〇〇円
15　飛驒の民話　＊二二〇〇円
16　大阪の民話　＊二〇〇〇円
17　甲斐の民話　＊二〇〇〇円
18　佐渡の民話　第一集　＊二〇〇〇円
19　神奈川の民話　＊二〇〇〇円
20　上州の民話　第一集　＊二〇〇〇円
21　加賀・能登の民話　第一集　＊二二〇〇円
22　安芸・備後の民話　第一集　＊二二〇〇円
23　安芸・備後の民話　第二集　＊二〇〇〇円
24　宮城の民話　＊二二〇〇円
25　兵庫の民話　＊二〇〇〇円
26　房総の民話　＊二〇〇〇円

＊＝既刊

27 肥後の民話 ＊二〇〇〇円
28 薩摩・大隅の民話 ＊二〇〇〇円
29 周防・長門の民話 第一集 ＊二二〇〇円
30 福岡の民話 第一集 ＊二〇〇〇円
31 伊勢・志摩の民話 ＊二〇〇〇円
32 栃木の民話 第一集 ＊二〇〇〇円
33 種子島の民話 第一集 ＊二〇〇〇円
34 種子島の民話 第二集 ＊二〇〇〇円
35 越中の民話 第一集 ＊二二〇〇円
36 岡山の民話 ＊二〇〇〇円
37 屋久島の民話 第一集 ＊二〇〇〇円
38 屋久島の民話 第二集 ＊二〇〇〇円
39 栃木の民話 第二集 ＊二二〇〇円
40 八丈島の民話 ＊二〇〇〇円
41 京都の民話 ＊二〇〇〇円

42 福島の民話 第二集 ＊二〇〇〇円
43 日向の民話 第二集 ＊二〇〇〇円
44 若狭・越前の民話 第一集 ＊二二〇〇円
45 阿波の民話 第二集 ＊二〇〇〇円
46 周防・長門の民話 第二集 ＊二二〇〇円
47 天草の民話 ＊二〇〇〇円
48 長崎の民話 ＊二〇〇〇円
49 大分の民話 第一集 ＊二〇〇〇円
50 遠江・駿河の民話 ＊二〇〇〇円
51 美濃の民話 第一集 ＊二〇〇〇円
52 福岡の民話 第二集 ＊二二〇〇円
53 土佐の民話 第一集 ＊二二〇〇円
54 土佐の民話 第二集 ＊二二〇〇円
55 越中の民話 第二集 ＊二〇〇〇円
56 紀州の民話 ＊二〇〇〇円

57 埼玉の民話 ＊二〇〇〇円
58 加賀・能登の民話 第二集 ＊二三〇〇円
59 大分の民話 第二集 ＊二〇〇〇円
60 佐賀の民話 第一集 ＊二〇〇〇円
61 鳥取の民話 ＊二〇〇〇円
62 茨城の民話 第一集 ＊二三〇〇円
63 美濃の民話 第二集 ＊二〇〇〇円
64 上州の民話 第二集 ＊二〇〇〇円
65 三河の民話 ＊二三〇〇円
66 尾張の民話 ＊二三〇〇円
67 石見の民話 第一集 ＊二〇〇〇円
68 石見の民話 第二集 ＊二〇〇〇円
69 佐渡の民話 第二集 ＊二〇〇〇円
70 越後の民話 第二集 ＊二〇〇〇円
71 佐賀の民話 第二集 ＊二〇〇〇円

72 茨城の民話 第二集 ＊二〇〇〇円
73 若狭・越前の民話 第二集 ＊二〇〇〇円
74 近江の民話 ＊二〇〇〇円
75 奈良の民話 ＊二〇〇〇円
別巻1 みちのくの民話 ＊二〇〇〇円
別巻2 みちのくの長者たち ＊二〇〇〇円
別巻3 みちのくの和尚たち ＊二〇〇〇円
別巻4 みちのくの百姓たち ＊二〇〇〇円